W0303854

Ella Gold

Cinderella in Love

Fairy Tale Edition

Ella Gold

Cinderella in Love

Impressum:

1. Auflage
Titel: Cinderella in Love – Fairy Tale Edition 1
Autor: Ella Gold

E-Book im Selfpublishing
Für Leser **ab 18 Jahren,** da es deutlich beschriebene Sex-Szenen enthält.

Kontakt:
E-Mail: autorin.ellagold@gmail.com
Facebook: Ella Gold (Autorin)
Instagram: autorin.ella.gold

Titelgestaltung:
ceo, unter Verwendung von Bildmaterial von © llhedgehogll sowie Illustrationen von © stuart – beide bei Fotolia.com –, von freevector.com und von Freepik.com

Lektorat: Rubenah Ra
Korrektorat: Eva-Maria Schürmann-Lanwer

Werke der Autorin aus der Fairy Tale Edition:

Cinderella in Love (März 2017)
Die Schöne und Ben, das Biest (April 2017)
In den Fängen von Drosselbart (Juni 2017)

Was gibt es Schöneres als Märchen?
Schon als Kind war ich fasziniert davon.
Sie führten mich in die Welt der Fantasie und Magie,
in der ich heute noch gefangen bin.
Lesen und Schreiben sind meine Leidenschaft, und mit
der ›Fairy Tale Edition‹ möchte ich alte Märchen
in neuem Glanz aufleben lassen.
Liebe und Erotik kommen dabei nicht zu kurz.
Ich wünsche euch viel Spaß beim Schmökern.

Eure Ella

Eine kleine Leseprobe von
»Die Schöne und Ben, das Biest«
findet ihr am Schluss.

Für Rubenah und Jana

»Du begegnest vielen Menschen in deinem Leben,
aber nur wahre Freunde hinterlassen ihre Spuren
in deinem Herzen.«

(Autor unbekannt)

Kapitel 1

»Vergiss nicht, die Fenster zu putzen, und wenn du damit fertig bist, denk an die Bügelwäsche! Die Sachen häufen sich. So geht das nicht weiter mit dir«, schrie meine Stiefmutter. Ihre krächzende Stimme drang bis ins zweite Stockwerk, wo ich gerade die Betten neu bezog. Ich konnte nur mit dem Kopf schütteln. Ich hatte es ja so satt. *Mach dies, mach das, mach jenes …!*

Den ganzen lieben langen Tag. Das war Sklaverei!

Seit dem Tod meines Vaters vor zwei Jahren war ich der Willkür dieser Frau ausgeliefert. Ich musste sie und ihr adrettes Töchterchen – meine Stiefschwester Mathilda – den ganzen Tag bedienen, für alle einkaufen, kochen, den Garten pflegen und das riesige Haus putzen.

Ich war Dienstmädchen, Butler, Köchin, Gärtnerin und Putzfrau in einem – und das alles für lau.

Wenn ich den ganzen Aufgaben nicht schnell genug nachkam, durfte ich noch nicht einmal zum College und musste schwänzen, nur damit hier alles picobello war.

Es war kaum noch auszuhalten.

Am liebsten wäre ich geflüchtet und hätte mein altes Leben hinter mir gelassen, um ganz woanders bei Null anzufangen, aber das war leichter gesagt als getan.

Von meiner Familie war mir nicht viel geblieben, außer Caspar, mein kleiner schwarzer Hund, und Nikolaus, ein schöner weißer Schimmel.

Er war das Pferd meiner Mutter gewesen.

Sie starb, als ich sechs Jahre alt war.

Vier Jahre später zog Maria mit ihrer Tochter Mathilda hier ein. Diese Furie wickelte meinen Vater um den Finger, und er tat nur noch, was sie sagte. Nach seinem Tod bekam sie sein ganzes Geld. Selbst das Haus erbte sie. Mir blieben nur Caspar und Nikolaus, und ihretwegen nahm ich all die Entbehrungen in Kauf, denn wo um alles in der Welt sollte ich – eine einundzwanzigjährige mittellose Studentin – eine Unterkunft finden, in der Hunde- und Pferdehaltung erlaubt waren? Und selbst wenn es so etwas geben würde, könnte ich es mir nicht leisten, obwohl mein Vater ziemlich wohlhabend gewesen war.

Tja, nun war Maria wohlhabend, und ich hatte nichts, außer einer Menge Arbeit, und die gab es in diesem großen Haus genügend.

Als Maria am Abend mit Mathilda vom Shoppen zurückkam, hatte ich zwar alle Fenster geputzt, aber mit der Bügelwäsche war ich noch nicht ganz fertig.

»Faul, faul, faul … und so etwas füttere ich hier durch«, schimpfte Maria, während Mathilda, die nur ein Jahr jünger war als ich, jammerte: »Verdammt, Ana, beeil dich doch mal! Mein rotes Abendkleid ist in der Bügelwäsche. Ich brauche es morgen. Veit Rosenberg gibt eine Party. Man munkelt, er suche eine Braut. Jedenfalls bekam ich eine Einladung zur *Brautschau*«, erzählte sie mir kichernd, während ich weiterbügelte.

»Veit Rosenberg? Ist das nicht das Millionärssöhnchen? Dieser arrogante Snob, dessen Vater mehrere Casinos hier in Las Vegas gehören? Dieser Möchtegern-Schnösel, der sich vom Geld seines Vaters ein Schloss hat bauen lassen?«

»Genau der! Nenn ihn, wie du willst. Du bist ja nur neidisch, weil er dich nicht eingeladen hat – im Übrigen: *auf sein Schloss*! Dort steigt die Party morgen Abend«, sagte Mathilda hochnäsig und verschwand, was mir nur recht war. Sollte die blöde Kuh doch gehen … Ich hatte noch genug zu tun.

Der Berg Wäsche war kaum zu überblicken. Ich brauchte die halbe Nacht, ehe alles gebügelt und ordentlich im Ankleideraum verstaut war.

Gegen fünf Uhr am Morgen fiel ich endlich in mein Bett und träumte auch noch wüst. Von einem Prinzen und seinem Schloss …

Das Gerede über diesen Veit hatte mehr Eindruck bei mir hinterlassen, als ich mir eingestehen wollte. Ich kannte den Typen nur vom Hörensagen, gesehen hatte ich ihn noch nie. Und trotzdem spürte ich Neid in mir aufsteigen, als ich am Nachmittag Mathilda beim Anziehen helfen musste. Ihr rotes Kleid hatte ich wunschgemäß gebügelt, aber nun lagen mindestens zehn weitere Kleider auf ihrem Bett verstreut, und sie hatte die Qual der Wahl.

»Verdammt, was soll ich nur anziehen? Das schwarze ist zwar heiß, aber viel zu lang. Rosa – nein, das ist kitschig und das weiße zu brav. Sag doch auch mal etwas, Ana!«

»Das goldene vielleicht?«

»Das goldene? Wie sehe ich denn darin aus? Als hätte ich es nötig, nein … das nicht. Nun sag schon!«

»Dann nimm das kurze schwarze mit dem durchsichtigen Stoff«, versuchte ich es weiter. Mathilda funkelte mich an. »Was bin ich? Eine Nutte? Ich gehe doch nicht halb nackt dahin. Sag mal, willst du mir helfen oder mich absichtlich ins Messer laufen lassen? Der Abend ist wichtig, verstehst du? Ich meine, nicht für dich, aber für meine Zukunft schon. Auf der Einladung steht extra: ›*BRAUTSCHAU*‹«, sagte sie so deutlich, als wäre ich unserer Sprache nicht mächtig, und hielt mir zum Beweis auch noch die Einladung unter die Nase.

Da stand tatsächlich: ›*Brautschau*‹.

Hiermit lade ich alle heiratswilligen jungen Damen zur Brautschau in mein Schloss ein. Beginn ist am Freitag, dem 10. Mai, abends um 19.00 Uhr. Ihr solltet gute Laune mitbringen.

Veit Rosenberg

»Wo hast du die Einladung her?«

Das interessierte mich tatsächlich.

»Was geht's dich an? Er sucht ganz offenbar eine Frau – und die sollte standesgemäß sein –, also nicht dich! Jetzt hilf mir lieber bei dem Kleid, sonst komme ich noch zu spät!«

»Vielleicht das rote, das ich gestern unbedingt bügeln sollte?«, probierte ich es genervt weiter.

»Nein, daran habe ich mich irgendwie sattgesehen. Eventuell nehme ich ja doch das goldene – das wirkt edel. Was meinst du?«

Ich verdrehte die Augen.

Konnte sie nicht endlich gehen?

Während ich nur noch durch Nicken zustimmte, ging mir die Einladung nicht mehr aus dem Kopf. Er lud alle heiratswilligen Damen ein.

Wo hatte Mathilda die Einladung her?

Ihr Name war nirgends vermerkt.

Als sie sich endlich für das rote Kleid entschieden hatte – ja, es war letztendlich doch das rote geworden – und sich auf den Weg zu einer Visagistin machte, die für das Make-up und ihre Haare sorgen sollte, durchforstete ich das Internet nach Veit Rosenberg. Und was ich da entdeckte, verschlug mir den Atem. Es war die Einladung, die mir Mathilda vor die Nase gehalten hatte!

Sie stand für jeden zum Download bereit.

Er suchte offenbar wirklich eine Frau und lud pauschal alle heiratswilligen Damen zwischen zwanzig und dreißig Jahren auf sein Schloss ein. Und nicht irgendwann, sondern HEUTE!

Nicht, dass ich unbedingt heiraten wollte, und schon gar nicht so einen Schnösel wie ihn. Aber trotzdem wollte ich unbedingt dabei sein.

Hektisch durchstöberte ich meinen Kleiderschrank nach etwas Brauchbarem. Während Mathilda und ihre Mutter einen eigenen Ankleideraum hatten, der doppelt so groß war wie mein Zimmer, blieb mir nur ein Kleiderschrank, der spärlich gefüllt war.

Kleider hatte ich gar keine. Aber eventuell taten es ja auch meine Jeans. Passend dazu suchte ich mir meine beste Bluse heraus, die mit den Pailletten.

Sie war rosé und im Babydoll-Style gehalten.

Ich liebte sie und zog sie nur zu ganz besonderen Anlässen an, die in meinem Leben Mangelware waren.

Ich nannte ein Paar High Heels mein Eigen, die ich noch nie getragen hatte und die heute zum Einsatz kommen sollten. In meiner Kleidung fühlte ich mich prima, obwohl sie Mathildas Outfit nicht standhalten konnte.

Trotzdem freute ich mich auf den Abend, druckte die Einladung aus und verschwand im Badezimmer.

Dort putzte ich mir die Zähne, bändigte mein braunes langes Haar mit einem Lockenstab und legte Make-up auf. Eigenlob stinkt, ich weiß, aber ich sah heiß aus!

Ob es passend für eine Brautschau in einem Schloss war, wusste ich nicht – wohl eher nicht –, aber ich war in Partylaune und konnte es kaum erwarten …

Kapitel 2

Leider kam ich nicht weit. Kurz vor der Haustür fing mich Maria ab. »ANA!«

Allein der Klang ihrer Stimme wirkte empört. »Wo willst du hin? Hast du etwa nichts zu tun?«

»Äh, äh … ich bin fertig und, und wollte zu Freunden. Es ist Freitagabend. Wir … wir wollen feiern«, stotterte ich mir einen ab.

»Freunde? Feiern? Pah, von wegen! Ich dachte, du schaffst die ganze Arbeit nicht, und ich bin so gütig und trage dir immer weniger auf. Aber wenn du feiern gehen kannst, kannst du auch arbeiten. In der Küche wartet der Abwasch auf dich! Außerdem habe ich heute Rosenstöckchen gekauft, die du auch gleich einpflanzen kannst. Sie sollen in die Rabatte, vorne vor dem Haus. Und hinten, am Zaun zur Koppel, wo dein blödes Pferd steht, wächst das Unkraut bis zum Himmel, das du ebenfalls entfernst, oder der Gaul kommt weg!«

Ich starrte sie mit offenem Mund an. »Heute?« Mehr fiel mir dazu nicht ein.

»Ja, natürlich heute.«

»Es ist gleich 19.00 Uhr …«

»Dann solltest du dich besser beeilen. Wenn morgen

früh nicht alles erledigt ist, hat dein Pferd die letzte Nacht hier verbracht. Ich kenne einen Metzger, der mir eine gute Summe für das alte Vieh zahlen würde.«

Ich funkelte sie böse an. Sie konnte alles von mir verlangen, aber wenn sie sich je an meinen Tieren vergreifen würde, dann würde ich sie das Fürchten lehren. Ich denke, das wusste sie auch. Wahrscheinlich war das der einzige Grund, weshalb Caspar und Nikolaus überhaupt noch hier leben durften.

Niedergeschlagen ging ich zurück in mein Zimmer und zog mich um. Die High Heels wichen meinen Turnschuhen und die Bluse einem T-Shirt, nur die Jeans ließ ich an.

Wütend erledigte ich den Abwasch und pflanzte anschließend die Rosen ein. In Gedanken war ich auf der Party. Veit … Veit … Veit …

Immer wieder schoss mir sein Name in den Kopf.

Ich schüttelte mich und versuchte mich auf die Arbeit zu konzentrieren. Wohl bemerkt – ich versuchte es!

Richtig gelingen wollte es mir nicht. Ich wäre ja so gerne zu der Party gegangen – verdammt!

Und nun war es zu spät. Außerdem musste ich noch das Unkraut an der Koppel entfernen.

Wenigstens konnte ich die Zeit mit Nikolaus und Caspar verbringen. Die beiden waren mir sowieso am liebsten.

Es ging schon auf dreiundzwanzig Uhr zu, als ich mich mit Schubkarre und Harke ausgerüstet auf den Weg zum Stall machte, der an die Koppel grenzte. Caspar rannte mir entgegen und sprang mich freudig an.

Seit dem Tod meines Vaters durfte ich den kleinen

schwarzen Kerl nicht mehr mit ins Haus nehmen.

Früher hatte er immer mit in meinem Zimmer geschlafen und war Teil der Familie gewesen – nun durfte er sich noch nicht einmal mehr in der Nähe vom Haus aufhalten, jedenfalls nicht, wenn Maria und Mathilda zu Hause waren. Caspar lebte inzwischen im Stall, und ich ging, sooft ich konnte, zu ihm. Die täglichen Spaziergänge mit dem kleinen Strolch wollte ich nicht missen, und sogar beim Ausreiten war er meist an meiner Seite.

Auch jetzt, als ich mich durch das Unkraut kämpfte, wachte er neben mir und beobachtete jeden meiner Handgriffe.

Es war schon dunkel, ich konnte kaum etwas erkennen. Absurd, so spät Gartenarbeit machen zu müssen!

Wieder schweiften meine Gedanken zur Party. Ob Mathilda gerade mit ihm tanzte? Ob ich nachher noch schnell bei den Rosenbergs vorbeifuhr?

Nur mal durch das Fenster spähte?

Ein Blick auf mein Smartphone zeigte mir die bittere Wahrheit. Es war bereits kurz nach Mitternacht. Ehe ich hier fertig und wieder sauber war, wäre die Party definitiv zu Ende. Außerdem musste ich noch bis zum Schloss fahren, was am anderen Ende der Stadt lag. Das würde mindestens eine halbe Stunde dauern.

Also, aus der Traum.

Wie gerne hätte ich neue Leute getroffen, ein bisschen gefeiert und Spaß gehabt. Eventuell wäre ja auch ein passender Mann dabei gewesen.

Nicht unbedingt Veit Rosenberg, der spielte wahrlich nicht in meiner Liga, aber trotzdem sehnte ich mich nach einer Beziehung, nach Wärme und Nähe. Von mir aus auch nach einer Affäre oder nur einem One-Night-Stand.

Irgendetwas …

Meine Güte, klang das erbärmlich.

Aber ich fühlte mich leer, ausgelaugt und einsam.

Meine letzte Beziehung lag drei Jahre zurück. Dann war Vater krank geworden und starb. Seitdem hatte ich kaum Zeit gehabt, jemanden kennenzulernen, geschweige denn, mit ihm eine Partnerschaft aufzubauen. Wenn nicht bald ein Wunder geschah, würde ich zu einer verkümmernden, welken Pflanze werden, wie das Grün, das ich während der letzten Stunden aus der Erde gerissen hatte.

Verzweifelt schaute ich zum Himmel.

Der Mond strahlte in seiner ganzen Pracht. Die Sterne funkelten mir zu. Ich wollte noch nicht schlafen, aber wo sollte ich um diese Uhrzeit hin? Ich zückte mein Handy und rief Liz an – meine beste Freundin und ein echter Schatz. Aber leider ging sie nicht ran.

Kurzentschlossen entschied ich mich für einen Ausritt. Ich sattelte Nikolaus und schwang mich auf ihn.

Reiten ist die pure Befreiung.

Man schmeckt die Freiheit und fühlt sich getragen, es ist einfach himmlisch. Ich hätte stundenlang ausreiten können. Leider war Nikolaus schon in die Jahre gekommen und hielt nicht mehr lange durch. Deshalb nahmen wir die kurze Route, die an meinem Lieblingssee vorbeiführte. Eigentlich kannte ich die Gegend auswendig, weil ich schon oft hier gewesen war. Aber dieses Mal kam es zu einem kleinen Zwischenfall.

Es geschah so schnell, dass ich nicht reagieren konnte.

Ich ritt am See entlang und beobachtete die sanften Wellen, die sich im Schein des Mondlichts glitzernd ausbreiteten. Dabei übersah ich wohl den Ast eines Baumes. Ich bekam einen Schlag vor die Stirn und im nächsten Moment lag ich im See. Wir hatten zwar Anfang Mai, trotzdem war es kalt im Wasser, dunkel und widerlich.

Meine Hände tasteten nach etwas Haltbarem, leider vergebens. Meine Füße versanken im Schlamm des Sees. Ich konnte mich schlecht am teigigen Grund abstoßen und kämpfte mich an den Rand. Meine Finger griffen ins feuchte Gras und ich zog mich mühsam aus dem Wasser.

Die Jeans klebten an mir, ebenso das Shirt. Meine Haare hingen mir triefend ins Gesicht, und ein Schuh steckte offenbar noch am Boden des Sees, jedenfalls hatte ich nur noch einen an. Ich konnte mich nicht erinnern, wann ich das letzte Mal so gefroren hatte.

Und mein Smartphone!

Mein Herz setzte vor Schreck fast aus. Ich griff in die Hosentasche und schaute sofort auf das Display. Es ging an und spendete mir etwas Licht in der Dunkelheit.

Hauptsache, es funktionierte noch.

Maria hätte mir niemals ein neues gekauft.

Zitternd ging ich zu Nikolaus, der brav auf mich gewartet hatte. Der Heimweg kam mir doppelt so lang vor. Ich schlotterte wie Espenlaub und sah bestimmt aus wie die Horrorfigur aus *The Ring*.

»Schönen guten Abend! Ist das ein neuer Trend?«, hörte ich plötzlich eine Stimme sagen.

Erschrocken schrie ich auf.

Meine schmutzigen Hände versuchten hektisch das nasse Haar aus meinem Gesicht zu wischen, dennoch konnte ich kaum etwas erkennen. Nun hatte ich auch noch Schlamm auf den Lidern und unter den Augen.

»Sie schreien? Ich hätte allen Grund zu schreien!«, sagte die tiefe Stimme, und ich konnte die Silhouette eines Mannes erkennen, der immer näher kam.

»Nicht weiter! Bleiben Sie stehen!«

»Oder?«

Oder? Ging es ihm noch ganz gut? »Oder, oder … ich schreie um Hilfe.«

»Nur zu! Hier wird Sie keiner hören, außer ihrem Pferd und ein paar Mücken und Fliegen vielleicht. Das nächste Haus ist mindestens zwei Meilen entfernt. Wir befinden uns hier am Waldrand, falls es Ihnen noch nicht aufgefallen ist«, sagte er arrogant und fügte hinzu: »Sagen Sie mal, ist das jetzt in Mode? Ich kenne ja Eisschwimmen und Nacktschwimmen, aber nachts, bei diesen Temperaturen, mit Kleidung zu schwimmen, ist mir neu«, gab der Typ zum Besten.

»Sehr witzig! Würden meine Zähne nicht so schlottern, würde ich sogar lachen.«

»Dann klären Sie mich doch mal auf! Ich meine, das ist das erste Mal, dass ich einer nassen, angezogenen Frau mitten in der Nacht – auf einem Pferd – begegne. Ich meine, auf einem Pferd! Verstehen Sie?«

»Sollte ich besser Fahrrad fahren? Wäre Ihnen das lieber? Ja, ich reite. Was ist daran so schlimm? Was machen Sie eigentlich hier? Wissen Sie, wie spät es ist?«

Es war bestimmt schon zwei Uhr, stockdunkel und außer seinen Umrissen konnte ich nicht viel erkennen, aber sein amüsiertes Lachen entging mir nicht.

»Ich genehmige mir gerade eine Denkpause. Ich muss mir über Einiges klar werden. Und jetzt Sie!«, forderte er mich auf.

Eine Denkpause? Mitten in der Nacht?

Im Clark County Wetlands Park? Was war das für ein skurriler Typ?

»Ich bin vom Pferd gefallen.«

»Geht es Ihnen gut? Sind Sie verletzt?«, erkundigte er sich und seine Stimme klang plötzlich ernsthaft besorgt. Damit hatte ich nicht gerechnet.

»Außer, dass ich friere, bin ich okay. Und mein Kopf hat etwas abbekommen, aber das ist nicht schlimm.«

»Wollen Sie nicht lieber vom Pferd steigen und sich aufwärmen?«

»Ich glaube, neben Ihnen ist es auch nicht wärmer als auf Nikolaus.«

»Nikolaus …«, wiederholte er und konnte den Sarkasmus in seiner Stimme nicht unterdrücken. »Ich war gerade dabei, ein Lagerfeuer zu machen, als Sie wie ein Gespenst vorbeigeritten kamen. Wenn ich es jetzt anzünde, brennt es in wenigen Minuten, und im Auto habe ich einige Decken. Ich will ja kein Unmensch sein und mich schuldig fühlen, wenn Sie sich eine Lungenentzündung einfangen.«

Haha, was für ein Idiot. Aber unweit hinter ihm konnte ich wirklich die Umrisse eines Autos erkennen. Seitlich davon war etwas zu einem Haufen gestapelt. Vermutlich Holz für das Lagerfeuer. Der Gedanke an etwas Wärme ließ mich nachgeben.

Vorsichtig glitt ich von Nikolaus.

Es war zwar düster, dennoch wanderten seine Augen umgehend zu meinen Füßen, an denen ich nur noch einen Schuh trug. Er schüttelte mit dem Kopf, und ehe ich mich versah, hatte er mich hochgehoben.

»Hey, was soll das? Was haben Sie vor?«

»Was denken Sie? Dass ich ein Serienvergewaltiger bin und hier am Waldrand lauere, um mitten in der Nacht auf meine Opfer zu warten, die mit einem Pferd dahergeritten kommen und so durchgefroren sind, dass sie sich nicht mehr wehren können?«, gab er zum Besten und fuhr fort. »Ich will Sie nur zum Auto tragen, weil hier überall Brennnesseln und Disteln wachsen. Falls Sie es noch nicht mitbekommen haben: Ihnen fehlt ein Schuh!«

Ich gab klein bei und ließ mich von ihm bereitwillig zum Auto tragen. Dabei entging mir nicht sein muskulöser Oberkörper, an den ich gepresst wurde.

Meinen rechten Arm hatte ich salopp um seine breite Schulter gelegt und mit der linken Hand berührte ich vorsichtig seine feste Brust. Dabei stieg mir sein betörender Duft in die Nase. Egal, welches Parfüm er benutzte, es war eine gute Wahl!

Wie blöd, dass sein Auto so nah stand. Mal abgesehen von seinem wärmenden Körper hätte ich mich gerne noch ein Stück weiter tragen lassen. Aber ehe ich mich versah, saß ich auf der Rückbank seines Wagens, und er hatte mich genauso schnell in eine Decke gewickelt.

Er machte sich umgehend am Feuer zu schaffen und keine Minute später begann es behaglich zu knistern.

Die kleinen Flammen kitzelten das Holz und züngelten

sich daran empor.

Sie spendeten nicht nur Wärme, sondern auch Licht, sodass ich endlich sein Gesicht erkennen konnte …

Welchem Katalog war er entsprungen?

Damit hatte ich nun wirklich nicht gerechnet!

Dunkles, leicht welliges Haar umrahmte sein markantes Gesicht, das mit einem verwegenen Dreitagebart geschmückt war. Die Augen stachen mir sofort entgegen.

In seinem Blick lag etwas Schelmisches, nur die Farbe konnte ich nicht richtig erkennen. Er hatte hohe Wangenknochen und wohlgeformte Lippen.

Ich sah ihn schmachtend an, und er grinste überlegen.

Verdammt! Ich musste mich beherrschen.

Wer immer er auch war, er war eine echte Augenweide.

Bisher hatte ich solche Männer entweder im Kino oder in Hochglanzmagazinen gesehen, aber nie direkt vor mir.

Unweigerlich musste ich schlucken, denn meine Fantasie und mein chronisch untervögelter Körper trieben mich beinahe in den Wahnsinn.

Es war eine dumme Idee gewesen, vom Pferd zu steigen. Dumm, dumm, noch dümmer …

Ich hätte nach Hause reiten sollen, dann müsste ich jetzt nicht gegen dieses Kribbeln in meinem Unterleib ankämpfen.

Vor allem, wenn ich überlegte, wie ich aussah! Ich hatte zwar keinen Spiegel – zum Glück –, aber ich konnte es mir vorstellen. Mein langes dunkles Haar war immer noch nass und hing triefend auf meine Brust herab.

Meine Hände waren schmutzig und mein Gesicht war

genauso dreckig. Der linke Turnschuh war durchgeweicht und schlammig, und mein rechter blanker Fuß sah nicht besser aus.

Ich hätte diesen Adonis zu keinem ungünstigeren Zeitpunkt treffen können als ausgerechnet jetzt!

Wie lange sehnte ich mich schon nach einem Date, und dann traf ich Prince Charming höchstpersönlich und sah aus wie die Tochter von Freddy Krüger! Ich konnte es nicht glauben und schüttelte unentwegt den Kopf.

»… warum nicht?« hörte ich plötzlich und sah erschrocken auf. Mist! Er hatte mich etwas gefragt, und ich saß wie ein Häufchen Elend da, hatte nichts verstanden und schüttelte mich auch noch.

»Was? Wie bitte?«

»Ich habe gefragt, ob Sie nicht näher ans Feuer kommen wollen. Ich habe mehrere Decken hingelegt. Schauen Sie, es ist gemütlich und warm.«

»Oh. Ja, na klar«, sagte ich und stakste mit dem einen Schuh und der Decke zum Feuer, wo er bereits saß. Erst jetzt bemerkte ich, dass er eine Flasche Champagner geöffnet hatte. Er reichte mir, kaum dass ich saß, ein gefülltes Glas.

»Hätte ich gewusst, dass ich Sie hier treffe, hätte ich warmen Tee mitgenommen. Aber damit kann ich jetzt leider nicht dienen«, sagte er und prostete mir zu.

Ich nippte nur kurz. Wow, war der lecker. »Wen haben Sie denn sonst erwartet, wenn nicht mich?«

Er grinste. Meine Güte … war der süß!

»Im Grunde niemanden.«

»Sie fahren also immer mit Champagner und Gläsern

durch die Gegend?« Und wieder schenkte er mir dieses verführerische Grinsen.

»Kann man so sagen, ja«, gab er zu. »Ist Ihnen jetzt etwas wärmer? Kann ich sonst noch etwas für Sie tun? Sie heimfahren oder was auch immer?«

Gute Frage. Mir fiel da Einiges ein, was er für mich hätte tun können. »Nein, ich kann Nikolaus nicht alleine hier lassen. Ich werde nach Hause reiten«, sprach die Vernunft aus mir.

»Aber Sie sind immer noch nass. Wollen Sie Ihre Kleidung lieber ausziehen? Die Sachen triefen ja vor Nässe.«

»Soll ich etwa nackt heimreiten?«

Dieses Mal grinste er noch breiter.

»Was?«, hakte ich nach.

»Nichts, ich stelle mir das nur gerade bildlich vor. Von mir aus können Sie das gerne machen. Also, ich stehe Ihnen da nicht im Wege, im Gegenteil. Sie könnten ein einsames Herz auf diese Weise sehr glücklich machen!«

Ich nahm noch einen kräftigen Schluck von dem köstlichen Champagner und schwappte ihm den Rest ins Gesicht. Anstatt sauer auf mich zu sein, begann er zu lachen.

Er trocknete sein Gesicht mit dem Ärmel seiner Jacke und rutschte näher zu mir. Dann fuhr er ganz sacht mit seiner Hand unter meine Decke. Mein Herz schlug sofort schneller.

»Sie sind wirklich komplett durchgeweicht. Ziehen Sie ihr Shirt und die Hose doch aus. Ich gebe Ihnen auch meine Sachen. Ich habe kein Problem, in Unterwäsche nach Hause zu fahren. Schließlich muss ich nicht reiten.«

Und wieder überraschte er mich. Er meinte es offenbar

ernst. »Das ist nett von Ihnen.«

»Tja, was soll ich sagen. Ich bin eben ein netter Kerl«, bekam ich zu hören.

Wer auch immer er war, er brachte mich um den Verstand. Vermutlich sah ich gerade wie eine Vogelscheuche aus, aber ich hatte noch andere Attribute, die nicht zu verachten waren.

Und wenn er mich schon so nett fragte …

Kapitel 3

Ohne auf mein Gewissen zu hören, das innerlich warnend schrie, legte ich die Decke ab und stand auf. Ich trat den verbliebenen Schuh zur Seite, öffnete meine Jeans und ließ sie meine Beine hinab gleiten.

Dabei beobachtete ich ihn.

Er schluckte, und sein Adamsapfel stach deutlich hervor. Seine Augen scannten meinen Körper ab.

Ich war mir bewusst, dass ich keinen BH trug, und dennoch war es mir egal. Ich kreuzte die Arme vor der Brust und griff an den Bund meines Shirts. Innerhalb von einer Sekunde hatte ich es mir über den Kopf gezogen und stand nur im Slip vor ihm.

Die Feuchtigkeit und Kälte ließen meine Nippel wie pralle Knospen aussehen. Sie stachen ihm direkt entgegen und eine Gänsehaut umhüllte den Rest meines Körpers.

»Besser so?«, wollte ich wissen, und jetzt war er es, der keinen Ton herausbrachte.

Zumindest hatte es ihm die Sprache verschlagen.

Er saß schweigend vor mir und starrte mich nur an. Dann stand er bedacht auf und kam langsam näher.

Ich rechnete damit, dass er die Decke aufheben und mir umlegen, oder mir seine Klamotten geben würde, wie er es angeboten hatte, aber stattdessen fand ich mich in seinen Armen wieder.

Sein Griff um meine Taille war ganz sanft.

Seine andere Hand, in meinem Nacken, war fordernd und zog mich näher zu ihm.

Ich sah ihm in die Augen, sie waren grün.

Ich roch das Parfüm. Es drang mir tief in die Nase.

Ich spürte seinen warmen Atem auf meiner Wange und dann seine Lippen auf meinem Hals. Er begann mich zu küssen. Mir ging es sofort durch und durch.

Als hätte ich nicht schon genug Gänsehaut, erregten mich seine fordernden Lippen und seine weiche Zunge, die spielerisch meinen Hals hinabtänzelte.

Hingebungsvoll schloss ich die Augen und presste meinen frierenden Körper an seinen, der so schön warm war.

Was tat ich hier eigentlich?

War das nur ein verdammt guter Traum oder hatte ich komplett den Verstand verloren? Ich kannte den Mann nicht, wusste noch nicht einmal seinen Namen, und doch wollte ich augenblicklich nur eines: mehr!

Was hatte ich auch schon zu verlieren? Im Grunde konnte ich nur gewinnen. Selbst mein Vater hatte immer gesagt, dass man am Ende nur die Dinge bereue, die man nicht getan habe.

Ein Hoch auf seine Worte!

Ich schaltete auch das letzte bisschen Vernunft aus und griff beherzt nach seiner Jacke, um sie ihm auszuziehen. Es folgte sein T-Shirt, und endlich spürte ich seine weiche Haut, die sich straff über seine Muskeln spannte.

Die Leidenschaft packte mich und ich schmolz in seinen Armen.

Gemeinsam sanken wir auf die weichen Decken vor dem Feuer. Er drehte mich auf den Rücken, hielt meine Arme seitlich fest und widmete sich ausgiebig meinen Brüsten. Erst waren es nur sanfte Küsse, die meine Rundungen bedeckten. Dann kam seine Zunge mit ins Spiel, die meine Nippel abwechselnd liebkoste, und schließlich kamen seine Zähne zum Einsatz …

Ich stöhnte und bäumte mich auf. Aber er hielt mich nur stärker fest und fuhr fort.

Süße elektrische Impulse fuhren mir durch die Adern. Ich wandte mich unter seinem stählernen Körper. Zwischen meinen Beinen kribbelte es, als würden Tausende Schmetterlinge durch meine Vagina fliegen.

Meine Güte, war ich ausgehungert!

Ich leckte über meine Lippen … Meine Hände krallten sich in die Decken, und dabei hätte ich ihn so gerne berührt, aber er hielt mich unnachgiebig fest.

Ich war bewegungsunfähig und ertrug, was er meinem Körper antat. Sein Mund beschäftigte sich rührend mit meinen Brustwarzen.

Er saugte an ihnen, biss sie und neckte sie abwechselnd mit Küssen, Streicheleinheiten und süßem Schmerz.

Meine Nippel waren bombastisch angeschwollen und standen wie eine Eins.

Plötzlich hörte er auf, ließ mich für eine Sekunde los und drehte mich mit einer Leichtigkeit um, die mich erschrak. Dann bekam ich auch noch einen Klatsch auf den Po. »Au!«

Er traf die nackte Haut, da ich nur einen schwarzen Tanga trug. Seine Hände machten sich weiter an meinem Po zu schaffen. Er knetete ihn, und ganz automatisch spreizte ich meine Beine. Zu meinem Erstaunen drückte er meine Schenkel aber wieder sanft zusammen.

Leicht verwirrt drehte ich mich um.

Der machte mich doch nicht etwa heiß und ließ mich dann liegen? Das würde ich nicht aushalten … nicht jetzt, nicht heute! Hungrig und unterwürfig blickte ich ihn an. Er sah mir in die Augen und grinste. »Warte nur! Du kommst schon noch auf deine Kosten, und jetzt Kopf runter! Ich will dich massieren.«

Vor lauter Schreck tat ich, was er sagte.

Und er hatte nicht zu viel versprochen.

Ich bekam wirklich die Massage meines Lebens!

Seine Hände spielten mit meinem Rücken, als wäre er aus Teig. Kein Stück blieb unbeachtet, jeder Zentimeter bekam etwas ab. Er streichelte, drückte, knetete, krabbelte, rieb und küsste mich. Ob mit seinen Händen oder seinem Mund. Es war fantastisch. Ich entspannte mich immer mehr und meine Erregung fiel sogar etwas ab.

Aber nicht lange … Als seine Finger sich gezielt zu meinem Po bewegten, und von hinten zwischen meine Beine fuhren, war es um mich geschehen.

»Oh, ja, bitte!«, stöhnte ich, ohne überhaupt zu merken, was ich da von mir gab. Ich war schockiert über meine eigenen Worte und streckte ihm dennoch meinen Po entgegen.

Dafür hagelte es wieder einen ordentlichen Klaps.

Ehe ich mich versah, lag ich erneut auf dem Rücken und er zog mir das Höschen aus. Mit einem weiteren Griff drückte er meine Knie auseinander.

Sein Blick wanderte zwischen meine offenen Beine, genau auf meine blanke Weiblichkeit und verharrte dort für einen Moment.

Dann sah er mir in die Augen und grinste.

Verdammt, war das peinlich!

Wie gut, dass es recht dunkel war, sonst hätte er gesehen, dass meine Wangen einen dunklen Rotton angenommen hatten.

Aber ich hatte gar keine Chance, länger darüber nachzudenken. Seine Hand wanderte zu meiner Vulva … Er umschloss sie sanft, ehe er mich intensiv zu streicheln begann und mich dabei beobachtete.

In meinem Kopf drehte sich alles, ich sah sogar bunte Sternchen aufblitzen, als er meinen Kitzler umrundete. Es war ein stetes Kreisen, das immer schneller, immer intensiver wurde … Ich biss mir auf die Unterlippe, griff nach meinen Brüsten und massierte sie selber.

»Ja, das machst du gut, weiter so!«, hörte ich ihn sagen und spürte, wie mir der Saft zwischen die Beine rann.

Ich hielt das kaum noch aus!

Als er dann ganz sanft mit seinen Fingernägeln auf meiner Klitoris zu kratzen begann, stöhnte ich laut auf. Es fühlte sich wie kleine Stromschläge an.

Zur Belohnung spürte ich kurz danach seine weiche Zunge auf meiner Perle.

Mir wurde schummrig, heiß und kalt zugleich, als er

mich leckte. Ich stöhnte unaufhörlich, meine Finger spielten dabei mit meinen Nippeln. Ich konnte mich nicht beherrschen, und ehe ich mich versah, passierte es …

Mich überkam ein gewaltiger Orgasmus.

Damit hatte ich so schnell nicht gerechnet!

»Was war denn das? So schnell zu kommen, ist aber nicht nett. Sei froh, dass du kein Mann bist! Dafür muss ich dich jetzt leider bestrafen«, sagte er und legte sich auf Augenhöhe zu mir.

Erschrocken schaute ich ihn an. Wie war das gemeint?

»Bestrafen?«

Was war er? So ein irrer Sadomaso-Freak?

»Auf alle Viere mit dir! Ich werde dich jetzt von hinten vögeln und deine übereifrige Klit bekommt als Strafe keine Streicheleinheiten mehr!«, sagte er streng und meine Gefühle fuhren Achterbahn.

Ich hätte schockiert sein müssen!

Ich hätte empört reagieren müssen!

Ich hätte sofort gehen müssen!

Stattdessen machte es mich an, wie er mit mir sprach.

Mein Herz pochte mir bis zum Hals, und innerlich zerschmolz ich.

Der Beweis klebte zwischen meinen Schenkeln.

In mir brannte alles. Adrenalin rann durch meine Venen. Meine Nerven waren gespannt bis zum Äußersten und ohne Widerrede tat ich, was er mir befohlen hatte. Vorsichtig drehte ich mich um, begab mich auf alle Viere und streckte ihm willig meinen Po entgegen.

»Sehr gut machst du das«, lobte er mich, und ich hörte, wie er den Reißverschluss seiner Hose öffnete.

In mir zuckte alles. Meine Vagina sehnte sich nach ihm und krampfte schon.

Dann spürte ich seine Hand, die um meine Taille fuhr.

Mir sprang das Herz fast aus dem Hals.

Ja, ich wollte es! Sollte er mich ruhig bestrafen!

Hauptsache, er würde es mir besorgen, denn das brauchte ich, dringend!

»Sag mal, fährst du so auf mich ab, oder bist du extrem unterversorgt?«, flüsterte er und biss mir dabei ins Ohrläppchen.

»Das Zweitere«, gab ich heiser zu.

»Wenn das so ist, will ich mal nicht so sein«, sagte er und fuhr umgehend mit zwei Fingern von hinten in mich.

Ich schrie laut auf.

Halleluja, tat das gut!

»Komm, Princess, beweg dich! Benutz meine Finger … zeig mir, wie sehr du es brauchst!«, sagte er, und ich folgte seinen Worten wie dem Rufen der Sirenen.

Meinen Verstand hatte ich sowieso im See ertränkt, daher brauchte mir nichts mehr peinlich zu sein.

Ich bewegte mich rhythmisch vor und zurück, vor und zurück, sodass seine Finger rein und raus wanderten. Ich spannte meinen Unterleib an, um ihn deutlicher zu spüren, und spielte mit seinen Fingern, von denen ich nicht genug bekommen konnte.

»Sehr gut, Princess … ja, perfekt. Fick meine Finger, Baby! Gut machst du das, sehr gut. Nur weiter so!«, trieb er mich an und in mir brachen alle Dämme.

Ich gab mich ihm völlig hin und keuchte vor Freude, als ich seitlich sah, wie er mit der linken Hand ein Kondom aus seiner Hosentasche zog.

Er riss die Verpackung mit den Zähnen auf und stülpte es sich eilig über. Ich war so gierig darauf, ihn endlich in mir zu spüren und bewegte mich immer hektischer.

»Ich ahne, Princess, wie sehr du es brauchst. Du sollst auch nicht länger warten. Hier hast du ihn!«, sagte er und stieß seinen Penis in mich hinein …

Ich schrie mein Glück lauthals in den Wald, als sein massives Glied schwungvoll in mich fuhr.

Er bohrte sich immer tiefer in mein Innerstes und ich hielt den Atem an …

Gott, hatte ich das vermisst!

Ich glaubte einen Moment lang, platzen zu müssen, so füllte er mich aus. Tat das gut! Warum hatte ich nur so lange darauf verzichtet?

Meine Arme stützen mich, während er mich mit seinen sanften Stößen verwöhnte. Sein Becken klatschte rhythmisch gegen meinen Po.

Immer wieder tauchte er in mein heißes Innerstes. Er hatte das Feuer meiner Erregung neu entfacht. Ich brannte lichterloh und wir beide stöhnten zusammen.

Ich wusste nicht mehr, wo ich war, die Umgebung verschwamm vor meinen Augen. Ich wusste auch nicht, wer er überhaupt war – und es war mir egal! Ich hatte sogar meinen Namen vergessen.

Er vögelte mich erst sanft und dann ganz hart.

Ich schrie so laut, dass ich befürchtete, jemand könnte uns hören.

Jetzt war ich froh, dass weit und breit niemand lebte. Er hatte mich im Genick gepackt und presste meinen

Kopf auf den Boden, während er mich von hinten hart nahm. Nach einer Weile hatte er wohl Mitleid, und seine andere Hand wanderte unter mich und verwöhnte meine Perle. Ich wurde wahnsinnig, japste und schrie gierig und willig, bis wir beide auf einer Wolke der Glückseligkeit explodierten.

»Dann bist du also unterversorgt«, stellte er später fest, als wir zusammengekuschelt und in Decken gehüllt neben dem Feuer lagen. »Wie kommt es?«, wollte er wissen und wischte dabei sanft den Dreck aus meinem Gesicht.

»Es ist die Zeit. Die fehlt mir, um jemanden kennenzulernen.«

»Ausreden!«

»Nein, wirklich. Ich habe kaum eine Minute für mich, geschweige denn Zeit, um Männer kennenzulernen. Ich studiere, gehe aufs College und bin zu Hause auch ganz schön eingespannt.«

»Da musst du erst nachts in einen See fallen, um mal ordentlich gevögelt zu werden?«

Da war es wieder, sein arrogantes Gehabe, was mir gegen den Strich ging.

»Sieht ganz so aus«, sagte ich, stand abrupt auf, kroch in meinen Tanga und griff mir sein trockenes Shirt, das ich flugs über meinen Kopf gleiten ließ. Ich nahm auch meine Jeans und mein Shirt, warf mir beides über die Schulter und marschierte ganz vorsichtig und barfuß zu Nikolaus, der ein paar Meter Abstand zum Feuer gehalten hatte.

»Hey, warte! Wo willst du hin?«

»Nach Hause.«

»Wie heißt du? Wo wohnst du? Können wir nicht unsere Nummern tauschen?«, rief er mir nach, als ich schon auf Nikolaus saß.

»Wozu? Jetzt bin ich ja erst mal wieder versorgt. Vielen Dank für deine Hilfe, den Champagner und … äh, die warme Decke.«

Ohne ein weiteres Statement von ihm abzuwarten, ließ ich Nikolaus davon galoppieren.

Am Horizont bahnte sich schon die Sonne ihren Weg durch das breite Wolkenband. Ihre dünnen Strahlen, die pinke Streifen an den Himmel zauberten, begleiteten mich auf dem Heimweg.

Zu Hause angekommen fütterte ich Nikolaus und Caspar, ging anschließend noch duschen und fiel gegen sechs Uhr am Morgen hundemüde in mein Bett.

Aber drei Stunden später wurde ich schon wieder geweckt. Die Herrschaften wollten frühstücken.

Kapitel 4

Mich wunderte es nur, dass Mathilda so zeitig auf den Beinen war. Schweigend deckte ich den Tisch, bereitete French Toast und Rührei zu und backte frische Brötchen. Während die beiden aßen (ich durfte so gut wie nie mit ihnen zusammen essen und musste warten, bis sie fertig waren), telefonierte ich mit meiner besten Freundin Liz, um ihr von meiner Nacht zu berichten.

»Nicht dein Ernst. Wow! Erzähl weiter!«, forderte sie mich auf. Sie quiekte in den Hörer und schrie, als ich ihr alle Einzelheiten erzählte. (Okay, nicht alle Einzelheiten. Gewisse Details behielt ich für mich. Aber auch die grobe Form brachte sie zum Kreischen.)

»Ich glaube es nicht. Solchen Typen begegnet man nachts im Wald? Ich sollte wohl auch wieder mal einen Abendspaziergang machen. Aber wieso bist du abgehauen? Wer weiß, ob du ihn je wieder triffst.«

»Der spielt eh nicht in meiner Liga. Mal abgesehen von seinem irre guten Aussehen … Welcher Typ hat Champagner dabei? Und seine Karre, das war irgend so ein teures deutsches Auto. Den kann ich abhaken. Aber die Nacht war unglaublich.«

»ANA! Ana … wo steckst du? Wo treibst du dich nur

wieder rum? Wir sind fertig mit dem Frühstücken, du kannst jetzt abräumen!«, hörte ich die durchdringende Stimme von Maria durch das Haus hallen.

»Liz, ich muss Schluss machen. Hier wartet Arbeit auf mich. Wir sehen uns Montag. Bis dahin, hab dich lieb!«

Während ich den Tisch abräumte und das Geschirr gleich abwusch, stand Maria wie ein Aufpasser hinter mir.

»Du musst dann noch fegen, und beeil dich! Es gibt eine Menge zu tun. Der Müll muss raus und du musst einkaufen. Der Einkaufszettel liegt im Entree auf der Kommode. Außerdem müssen alle Blumen im Haus und im Garten gegossen werden. Und morgen erwarten wir Gäste. Das heißt, dass du für uns kochen und backen musst. Steht alles auf dem Zettel. Das Haus muss vorher blitzblank sein, du solltest alle Etagen durchwischen. Mach mir keine Schande! Die Adams haben mehrere Autohäuser und Mathilda braucht einen neuen Wagen. Also müssen wir einen guten Eindruck hinterlassen, um einen günstigen Preis auszuhandeln.«

Muss, muss, muss … das war Marias Lieblingswort! Und na, klar. Mathilda brauchte ein Auto. Sie hatte doch erst im letzten Jahr zu ihrem Geburtstag einen Neuwagen bekommen. Wo war sie überhaupt?

»Wo ist Mathilda? Ich möchte sie etwas fragen.«

»Sie ist im Garten und nimmt ein Sonnenbad. Aber du hast keine Zeit für Unterhaltungen, du solltest dich an die Arbeit machen! Vergiss mir ja nichts!«

Ich nickte und ging in den Garten.

Obwohl ich eine gigantische Nacht hinter mir hatte,

kitzelte mich die Neugier, und ich wollte wissen, wie es bei ihr gelaufen war. Sie räkelte sich gerade auf der weißen Liege, und ich nutzte die Gunst der Stunde. »Na, wie war es bei der Brautschau? Darf ich dich jetzt Mrs Rosenberg nennen?«

»Kann sein, dass es so kommt. Auf jeden Fall bin ich in der nächsten Runde.«

»Nächste Runde? Was soll das? Macht der einen auf Bachelor? Hast du eine Rose bekommen?«

Mathilda sah mich hochnäsig an. »Du hast ja keine Ahnung, Ana.«

»Dann klär mich auf!«

»Veit ist ein Traum von einem Mann. Nicht nur, dass er stinkreich ist. Er sieht auch umwerfend aus! Er ist stark, hat grüne, verführerische Augen und dunkles Haar. Er ist so edel. Und sein Schloss erst … das müsstest du mal sehen!«

»Würde ich ja gerne«, unterbrach ich sie. »Aber du hast mir gestern verschwiegen, dass JEDE heiratswillige Frau hätte kommen können. Die Einladung galt praktisch auch mir.«

Mathilda lachte schnippisch. »Du«, sagte sie abwertend, »als ob du eine Chance bei ihm hättest. Das wäre vergeudete Zeit gewesen. Es waren ja so unglaublich viele Ladys da. Wohlhabend, gutaussehend, gebildet«, zählte sie in einem Ton auf, als wäre ich nichts von alledem. »Es müssen über fünfhundert Interessentinnen gewesen sein, wenn nicht noch mehr. Die Party ging bis Mitternacht. Dann verteilten seine Mitarbeiter Einladungen an genau einhundert Frauen, und ich bin noch im Rennen. Nächsten Freitag findet eine Poolparty bei ihm statt. Wir sollen alle im Bikini erscheinen. Daher brauche ich jetzt dringend etwas Bräune. Also, husch husch, geh mir aus der Sonne!«, sagte sie und machte eine Handbewegung, als sei ich eine lästige Fliege.

Im selben Moment kam auch noch Maria dazu. »Ana! Was stehst du hier rum? Hast du nichts zu tun? Du sollst doch einkaufen, wischen, die Pflanzen versorgen, und wenn ich mir den Rasen so ansehe, müsste der auch noch gemäht werden!«

»Mom, du hast vergessen, dass wir heute Abend auf einer Gala eingeladen sind. Ana muss uns um achtzehn Uhr dahin fahren und natürlich nachts auch wieder abholen«, machte Mathilda klar.

Mir war es nur recht. So hatte ich heute Abend wenigstens sturmfrei und konnte Caspar ins Haus holen.

Freudig begann ich die To-Do-Liste abzuarbeiten.

Als ich vom Einkaufen zurück war und mich den Blumen widmete, musste ich wieder an diesen Veit Rosenberg denken. Was war das nur für ein kranker Typ?

Lud wahllos zu einer Brautschau ein, und kommende Woche wollte er die Anwärterinnen im Bikini sehen. War das eine Modenschau? Suchte er eine Schaufensterpuppe oder die Frau fürs Leben?

Der Mann konnte einem ja fast schon leidtun.

Ich war ziemlich froh, dass ich am gestrigen Abend von Maria zurückgepfiffen worden war, und stattdessen die Nacht der Nächte erleben durfte.

Ich fühlte mich unglaublich gereift, entspannt und

glücklich.

Wahrscheinlich lag es aber daran, dass ich endlich mal wieder *durchgenudelt* wurde, wie Liz es am Montag so treffend beschrieb.

Die Woche verging wie im Flug. Freitag gab es wieder so viel zu tun, dass ich nicht zum College durfte, weil ich sonst die Arbeit im Haus nicht geschafft hätte.

Mathilda war die Nervosität in Person. Bei ihr drehte sich alles nur noch um Veit Rosenberg.

Ich konnte den Namen schon nicht mehr hören.

Letzte Woche waren es gut zehn Kleider gewesen, aber heute lagen mindestens fünfzig Bikinis auf ihrem Bett. Natürlich sollte ich wieder Entscheidungshilfe spielen, obwohl ich genauso gut der Luft meine Ratschläge hätte geben können.

Was ich auch sagte, war sowieso falsch.

Mathilda bekam einen Wutanfall nach dem anderen. Die Bikiniteile flogen nur so durchs Zimmer.

Sie fand sich zu dick, ihre Brüste waren angeblich zu klein, der Hintern zu groß … was aber nicht der Wahrheit entsprach.

Obwohl ich Mathilda nicht mochte, fand ich sie keineswegs hässlich, und auch nicht zu dick. Sie war ganz normal gebaut und hatte ein hübsches Gesicht.

Ihre blonden schulterlangen Haare waren zwar leider übermäßig wasserstoffblond gefärbt, und dummerweise trug sie meist farbige Kontaktlinsen, um ihren grauen Augen (wie sie sie selbst nannte) einen verführerischen Blauton zu verleihen. Aber ansonsten war alles an ihr natürlich. Auch jeder einzelne Bikini passte, nichtsdestotrotz flogen sie reihenweise in die Ecke.

»Wenn ich nur deine Beine hätte«, jammerte Mathilda.

»Ich würde sie dir glatt borgen, aber leider geht das nicht«, sagte ich ironisch. »Mensch, Mathilda, komm doch mal runter! Du meckerst jetzt seit Stunden an dir rum. Und das alles nur wegen eines Kerls, der wahllos Frauen einlädt. Willst du wirklich einen Mann, der nur auf die Optik abfährt, oder willst du jemanden, dem auch dein Innerstes gefällt?«

Mathilda warf mir einen schiefen Blick zu. »Ich will in erster Linie einen, der Kohle hat. Und Veit ist perfekt!«

»Er oder seine Kohle?«, fragte ich spöttisch.

»Du musst dir mal das Schloss anschauen. Das ist eine Pracht! Riesig, mit echten Türmen, einem Heimkino und mehreren Schlafzimmern. Er hat zig Angestellte und sogar Bodyguards. Seine drei Leibwächter waren permanent dabei.«

»Bei fünfhundert Frauen braucht er auch Leibwächter.«

»Ich meine ja nur. Er hat eine Garage mit zig Autos und sogar einen Privatjet. Verstehst du?«

»Spiel Lotto! Und nein, ich verstehe dich nicht!«

»Ist ja nicht so, dass er alt und hässlich ist. Er ist ein Traummann und reich dazu, Jackpot! Und da MUSS ICH GUT AUSSEHEN, denn er sieht auch verdammt gut aus. Seine grünen Augen verzaubern jede Frau, dann dieser Dreitagebart und sein dunkles Haar«, schwärmte sie und mir kam die Beschreibung sehr vertraut vor. Wenn ich es nicht besser wüsste … Auf jeden Fall hatte dieser Veit viel gemeinsam mit meiner nächtlichen Bekanntschaft, zumindest optisch.

»Ein Foto hast du nicht zufällig von ihm, oder?«

»Nein, man kam ja kaum durch bei dem Gedränge. Alle haben an ihm gehangen und kurz nach Mitternacht war er plötzlich verschwunden. Wir haben von den Bodyguards die Einladungen bekommen. Das war es. Für Fotos blieb da keine Zeit. Aber heute, heute sind es nur einhundert Frauen. Da komme ich bestimmt näher an ihn ran. Ach, ich bin ja so aufgeregt. Und mir reicht das jetzt hier! Ich werde nie fündig. MOM, MOM, MOOOM!«, schrie sie, bis Maria ins Zimmer gestürzt kam.

»Was ist denn, Schätzchen?«, fragte sie und war ganz außer Puste.

»Sieh mich nur an! Ich muss zur besten Visagistin, die Vegas zu bieten hat. Ich brauche ein Rundumpaket. SunDash, Make-up, Haare und ein gutes Pareo, das so gekonnt gewickelt wird, dass es meine Schwachstellen überdeckt. Der Abend ist MEGA wichtig für meine Zukunft!«, stellte sie hysterisch klar, und ich konnte mein Glück kaum fassen, als beide verschwanden.

Sturmfrei, yeah!

Ich ging zu den Stallungen, striegelte Nikolaus, fütterte ihn und nahm anschließend Caspar mit ins Haus.

Gegen zwanzig Uhr klingelte mein Smartphone. Es war Liz. »Hey, Süße. Lust auf einen geilen Abend? Wir wollen in einen Nachtclub. Der alte Hausdrache kann ja kaum verlangen, dass du nachts auch noch putzt. Kannst du in zwei Stunden fertig sein?«

»Ich befürchte, in zwei Stunden wird es nichts. Maria ist unterwegs. Ich muss warten, bis sie zurück ist, sonst dreht die durch, wenn ich nicht da bin. Aber ich komme nach. Irgendwie finde ich schon eine Möglichkeit. Schreib mir zwischendurch, wo ihr seid. Bis später!«

Hach, was freute ich mich. Das war mein Tag! Sonderlich viel hatte ich heute nicht getan. Zudem waren die beiden Nervensägen schon seit Stunden außer Haus, und dann erwartete mich auch noch eine Partynacht.

Ich nahm Caspar mit in mein Zimmer, packte die Bluse und High Heels von letzter Woche zusammen, dazu eine Jeans, und steckte alles in meinen Rucksack. Ich würde nachher durch das Fenster türmen müssen, ansonsten würde Maria mich nicht gehen lassen.

Dann stieg ich mit Caspar in mein Auto (eigentlich war es das Auto von meinem Dad, das er mir zum Glück noch zu seinen Lebzeiten geschenkt hatte, sonst müsste ich jetzt garantiert Fahrrad fahren. Maria hätte mir nie einen Wagen gekauft, und arbeiten durfte ich leider auch nicht, denn sonst hätte mir die Zeit gefehlt, um hier alle Aufgaben zu erledigen).

Ich fuhr zu den Stallungen gleich hinter dem Haus und parkte dort. Nur so würde Maria in der Nacht nicht merken, wenn ich den Wagen starte. Und das war eine gute Entscheidung gewesen, denn als sie nach Hause kam, war sie schlecht gelaunt.

»Was lungerst du hier herum? Hast du nichts zu tun? Soll ich dir was aufgeben?«, fuhr sie mich barsch an.

»Ich lungere nicht herum, sondern räume die Küche auf. Außerdem geht es mir nicht gut. Mir ist übel und ich habe Kopfweh. Wenn es dich nicht stört, würde ich gerne ein Bad nehmen und dann ins Bett gehen.«

»Dann tu das. Du kannst es dir nicht erlauben, krank zu werden. Ich habe für kommende Woche hundert Buchsbäume bestellt, die du alle einpflanzen musst. Die ganzen Fenster sind schon wieder dreckig und unsere Autos auch. Krank sein, geht also nicht!«

Da hatte aber eine Angst, dass ich krank werden könnte. Mir sollte es recht sein. Ich ging ins Badezimmer und verwöhnte mich mit einem Schaumbad.

Anschließend verpasste ich meinen langen, dunklen Haaren einige Locken. Dann ging ich in mein Zimmer, schloss ab, lackierte meine Nägel und legte Make-up auf – farblich passend zu den Nägeln. Voilá …

Die Klamotten nahm ich mit.

Ich türmte in Jogginghose und Turnschuhen durch das Fenster und zog mich erst im Stall um. Einen Spiegel hatte ich hier zwar nicht, aber ich fühlte mich auch so wunderbar. Der Abend konnte beginnen.

Kapitel 5

Liz und unser Clique waren im Rain. Dieser angesagte Club gehörte zum Palms Hotel. Auf über achttausend Quadratmetern konnte man auf mehreren Ebenen tanzen. Es dauerte eine Weile, bis ich meine Freunde gefunden hatte. Aber nun ging der Spaß los. Liz zog mich gleich auf die Tanzfläche und ich versank im Reich der Rhythmen.

Kurzweilig kehrten meine Gedanken zu Mathilda und Veit zurück. Komischerweise interessierte es mich, ob sie es eine Runde weiter schaffen würde oder ob sich dieser Typ bereits eine Frau aus den einhundert willigen ausgesucht hatte. Zu gerne hätte ich mir den Mann mal angesehen. Aber mein Gott, es ging mich ja nichts an.

Daher genoss ich lieber mein eigenes Leben, und diese spürbare Freiheit, die mich gerade einhüllte.

Diese Momente des Glücks und der Freude waren in meinem Leben Mangelware. Das letzte Mal war ich mit meinen Freunden zu Silvester unterwegs gewesen, und jetzt hatten wir Mai!

Zwei Stunden später war ich vom Tanzen durstig und bahnte mir einen Weg an die Bar. Dabei überkam mich das stete Gefühl, von jemandem beobachtet zu werden.

Ich warf einen Blick links über die Schulter, und rechts … Nein, es waren zu viele Menschen hier. Unmöglich auszumachen, ob man jemandem ins Auge stach. Als ich endlich an der Reihe war, bestellte ich mir einen Mojito.

»Der geht auf mich«, sagte jemand, und ich bemerkte einen Arm, der sich von hinten über mich schlängelte und dem Barkeeper einen Schein reichte. »Stimmt so«, hörte ich noch und drehte mich in dem Gedrängel um.

Ich muss geguckt haben wie vom Blitz getroffen. Träumte ich? Konnte das wahr sein?

Vor einer Woche hatte ich ihn im Wald getroffen und jetzt hier? »Du?«, war das Einzige, was ich über die Lippen brachte.

Ohne mir zu antworten, griff er nach dem Mojito, der inzwischen fertig war, und reichte mir den Cocktail. »Auf dein Wohl! Ich hoffe, dir geht es wieder gut? Was macht dein Kopf?«

Als ich nicht antwortete (dazu war ich einfach zu perplex), legte er nach. »Man erkennt dich ja kaum wieder, so ganz ohne Schlamm, mit trockenem Haar, so reinlich, gepflegt und ANGEZOGEN …«

Das saß! Was bildete sich der Kerl eigentlich ein?

Ich biss die Zähne zusammen, zog eine Augenbraue hoch, und kramte in meinem Gedächtnis nach einer passenden Antwort. »Scheinbar hast du ganz genau hingeschaut. Durch den Schlamm hindurch, sozusagen.«

»Oh ja, mir ist nichts entgangen. Ich habe es noch bildlich vor Augen – ALLES!«

Jetzt hätte ich ihm am liebsten den Mojito über sein gewelltes Haupt gekippt. Aber ich hatte Durst und der

Cocktail sah zu lecker aus. Daher entschied ich mich für das Getränk und gegen den Kerl.

Ich sah ihm aber gezielt in die Augen (Er hatte einen so betörenden Blick!), nahm lasziv den Strohhalm in den Mund und saugte daran.

Dabei musste ich aufpassen, mich nicht zu verschlucken, das wäre jetzt zu blöd gewesen. Dann lächelte ich überlegen, drehte mich um und ging.

»Hey, jetzt warte doch mal! Oder läufst du immer weg, wenn es brenzlig wird?«

»Ich wüsste nicht, was hier brenzlig ist. Mir ist es nur zu blöd, meine Zeit an so einen arroganten Snob wie dich zu verschenken.«

»Ah, ja, stimmt. Ich habe glatt vergessen, dass du wenig Zeit hast. Aber letzte Woche warst du ganz angetan, als ich dir eine Stunde gestohlen habe.«

»Siehst du, genau das meine ich! Man kann sich mit dir nicht normal unterhalten. Was glaubst du eigentlich wer du bist?«

»Oh, Entschuldigung, ich habe ganz vergessen mich vorzustellen. Veit Rosenberg, sehr erfreut«, sagte er, verbeugte sich und gab mir einen Handkuss.

Ich war geschockt und musste husten.

Der Mojito brannte in meinem Rachen.

Ich vergaß sogar, meine Hand zurückzuziehen.

Gab es etwa zwei Personen, die so hießen und sich so ähnlich sahen? Und wenn nicht, was machte er hier im Rain? Veranstaltete er nicht gerade eine Poolparty und war auf Brautschau?

»Hat es dir die Sprache verschlagen?«

»Äh, äh – nein, nein, ich, äh … dachte nur gerade … war nur gerade mit den Gedanken woanders. Ich bin übrigens Ana, nur Ana.«

»Nur-Ana, wären Sie so freundlich und würden mir eine weitere Stunde Ihrer kostbaren Zeit schenken? Ich wäre Ihnen zutiefst verbunden.«

Ich rollte meine Augen und hätte ihm am liebsten eine passende Antwort serviert. Aber nun, da ich wusste – oder annahm, zu wissen –, wer er war, war ich vorsichtiger mit meinem Vokabular.

»Wenn du weiter so geschwollen sprichst, kannst du sehen, wer dir eine Stunde schenkt. Dann bevorzuge ich die Tanzfläche.«

Er grinste. »Wenn du gerne tanzen würdest, ich bin dabei. Ich tanze sehr gerne«, ließ er mich wissen und reichte mir seine Hand.

Einen Versuch war es wert, denn ich wollte wieder tanzen. Ich trank meinen Mojito in einem Zug aus und ließ mich von Veit auf die Tanzfläche führen.

Er hatte nicht zu viel versprochen.

Ich schwebte in seinen Armen über das Parkett. Aber vielleicht lag das Gefühl der Schwerelosigkeit auch an dem Cocktail, der mir zu Kopf gestiegen war.

Dennoch führte Veit göttlich. Ich konnte mich gut auf ihn einstellen, ließ mich fallen und treiben. Fühlte mich beschützt, gehalten und umsorgt. Wir tanzten Rumba und Salsa, sogar den Jive konnte er.

Ich hatte jahrelang eine Tanzschule besucht, um die Schritte zu beherrschen, und doch war er mir ebenbürtig.

Die Zeit verlor an Bedeutung, wir tanzten uns in eine

eigene kleine Welt, bis uns nach einer gefühlten Ewigkeit der Durst heimsuchte.

Ein gewisses Maß an Erschöpfung war auch dabei.

Verschwitzt, aber lächelnd taumelten wir Hand in Hand von der Tanzfläche und kämpften uns durch die Menschen in Richtung Bar. Die Schlange dort war so lang, dass ich verzweifelte. »Ich glaube, ich gehe auf die Toilette und trinke dort etwas Wasser. Ich verdurste sonst«, musste ich gestehen.

»Ich habe hier im Rain ein Zimmer, dort gibt es eine gut gefüllte Minibar. Wenn du willst, brauchen wir nur zum Fahrstuhl gehen.«

Die Aussicht auf die Minibar ließ mich schneller nicken, als mein Verstand reagieren konnte.

Als wir allein in dem Hotelzimmer waren und er mir ein Glas Sekt einschenkte, beobachtete ich ihn ganz genau. Er war ein richtiges Schnuckelchen; adrett, vornehm und höflich dazu.

Da konnte doch etwas nicht stimmen!

Er trug die schwarze Hose eines maßgeschneiderten Anzugs, ein weißes Hemd, dessen Ärmel er zum Teil hochgekrempelt hatte und das oben leicht geöffnet war, sodass mein Blick auf den Flaum seiner Brustbehaarung fiel.

Sofort erwachten die Erinnerungen an unsere letzte gemeinsame Nacht … wie er mich berührt, mich von hinten genommen hatte!

Unbeabsichtigt brach ein kleines Feuerwerk in mir aus.

»Alles okay, Princess?«, fragte er lächelnd und reichte mir dabei das Glas Sekt. In dem Moment klingelte mein

Handy. Liz rettete mich mit einer Nachricht: »Wo steckst du, und wer ist der heiße Typ, mit dem du die Tanzfläche zum Glühen gebracht hast?«

Ich musste grinsen und begann zu tippen: »ER ist es! Der Kerl von letzter Woche, der Typ aus dem Wald, der mich so schön *durchgenudelt* hat.«

Als die Nachricht abgeschickt war, nahm ich einen kräftigen Schluck vom Sekt. War der erfrischend! Ich setzte das Glas erneut an und trank es aus. Welch eine Wohltat!

»Sorry, aber ich habe Durst. Ob Sekt oder Wasser, ist mir gerade egal«, versuchte ich mich zu rechtfertigen.

»Kein Thema, nur zu!« Er füllte mein Glas unverzüglich nach, als ich erneut eine Nachricht bekam.

»WOW! Nicht dein Ernst. Wo steckst du?«

»Ich bin mit ihm auf seinem Zimmer, hier im Hotel«, schrieb ich schnell zurück, und es dauerte keine Minute, bis Liz antwortete. »Perfekt, richtig so!«

»Nein, nein … wir trinken nur etwas, weil es an der Bar so voll war.«

»ANA! Nutz die Gunst der Stunde und schenk dir selbst eine unvergessliche Nacht!«

»Das ist leichter geschrieben als getan, Liz.«

»Süße, hör auf zu trinken und stürz dich auf ihn!«

»Aber wird er dann nicht denken, dass ich leicht zu haben bin?«, machte ich meinen Bedenken Luft und drückte auf Senden.

»Dafür ist es zu spät! Darüber hättest du dir letzte Woche Gedanken machen sollen. Also stell dich jetzt nicht so an! Wenn du ungebumst nach Hause gehst, wirst du es dein Leben lang bereuen. Du hast nichts zu verlieren, Ana! Also: Hose runter, Bluse aus und viel Spaß, Süße! Bussi.«

Mir stand ein breites Grinsen im Gesicht, als ich ihre Zeilen las. Dabei merkte ich gar nicht, dass ich die ganze Zeit beobachtet wurde.

»Fertig?«, wollte er wissen, und zeigte auf mein Smartphone. »Ja, das war nur meine Freundin, mit der ich hier bin. Sie hat mich gesucht.«

»Dann konntest du sie hoffentlich beruhigen. Du bist ja schließlich bei mir.«

Und wieder diese Spitzen.

Am besten gefiel er mir, wenn er still war.

Noch besser war der Sex mit ihm. Aber wie konnte ich ihn jetzt dazu bringen, ohne billig zu wirken?

Ließ ich die Zeit für mich arbeiten, in der Hoffnung, dass er damit anfing? Oder sollte ich es mir auf diesem gigantischen Bett bequem machen, das in der Mitte der Suite stand und mit unzähligen, seidigen Kissen bestückt war?

Andererseits fühlte ich mich momentan nicht wirklich wohl. Die Frischeste war ich nicht mehr. »Ähm, hast du etwas dagegen, wenn ich mich kurz frisch mache? Ich würde gerne duschen … ich bin vom Tanzen ganz verschwitzt.«

»Nur zu! Fühl dich wie zu Hause«, sagte er mit einer schwingenden Handbewegung Richtung Badezimmer.

Beim Duschen dachte ich darüber nach, wie ich mich gleich verhalten sollte. Während das warme Wasser sanft über mich rieselte, und der Duft von Ylang Ylang meine

Sinne verwöhnte, schloss ich die Augen.

Vielleicht hatte Liz ja doch Unrecht.

Letzte Woche … das war eine ganz andere Situation gewesen. Es war ungeplant geschehen und hatte uns einfach überwältigt. Man hatte es kaum steuern können. Aber heute hatte ich die Chance, zu wählen. Also: Was wollte ich überhaupt?

Ihn? Veit Rosenberg?

Ja, eventuell – es wäre aber unrealistisch, auf eine Partnerschaft zu hoffen, wenn er wirklich jener Veit Rosenberg war.

Oder wollte ich nur Sex mit ihm?

Oh ja, sprach eine Stimme in mir.

Die Antwort kam so prompt, dass ich überrascht war. Oder sollte ich mich jetzt lieber abtrocknen, anziehen, und ganz dezent verschwinden?

Veit nahm mir die Entscheidung ab.

Als ich tief entspannt aus der Dusche trat, saß er bereits auf dem Wannenrand und lächelte mich lasziv an.

Erschrocken griff ich nach dem weißen Handtuch, das links neben mir am Haken hing, und hielt es schützend vor mich. »Geht es dir noch ganz gut? Hast du mich etwa die ganze Zeit beim Duschen beobachtet?«

»Ich sitze hier nur zu deinem Schutz. Es hätte ja sein können, dass du Hilfe brauchst.«

»Hilfe? Beim Duschen? Bisher habe ich das all die Jahre ganz gut alleine hinbekommen. Eine dümmere Ausrede ist dir wohl nicht eingefallen?«

Was bildete sich der Kerl eigentlich ein? Ich zurrte das Handtuch um meinen Körper, sodass die wesentlichen

Stellen bedeckt waren, und versuchte dann etwas ungeschickt nach meiner Unterwäsche zu greifen, die ich vorhin achtlos auf den Boden geworfen hatte.

Kaum stand ich wieder aufrecht, kam Veit näher.

Ganz langsam ging er auf mich zu und sah mich unentwegt an.

Aus seinen grünen Augen strahlte Leidenschaft, er war in pure Lust gehüllt. Sein Blick tastete meinen feuchten Körper ab. Keine Stelle blieb unbeachtet und auch in mir startete wieder die Achterbahn der Ekstase.

Ich wusste nicht, wie er es schaffte, aber mein Verlangen nach ihm wuchs von Sekunde zu Sekunde.

Je näher er kam, desto stärker schlug mein Herz, als wüsste es, was es zu erwarten hatte.

»Mach deinen Mund auf!«, befahl er, und kam so nah, dass ich seinen Atem auf meiner Wange spüren konnte.

Ich wollte protestieren und widersprechen, aber den Moment nutzte er, um mir seine Zunge in den Mund zu stecken. Es folgte ein leidenschaftlicher und inniger Kuss. Mein Gesicht lag sanft in seinen Händen, er streichelte mir über die Wangen, während seine Zunge jeden Millimeter in meinem Mund abtastete.

Wenn ich es mir recht überlegte, war es unser erster Kuss. Wir hatten letzte Woche zwar Sex gehabt, aber unsere Lippen hatten sich dabei nicht einmal berührt. Umso mehr genoss ich es jetzt, ihn zu schmecken.

Wie intensiv, innig und zärtlich er küsste …

Ich ließ die Unterwäsche fallen und mich von einer Welle aus Emotionen tragen.

Dass er so sanft sein konnte, hatte ich nicht gewusst. Ich fühlte mich geliebt, gewollt, begehrt … ein unbeschreiblich gutes Gefühl!

Seine Hände wanderten von meinem Gesicht, über den Hals, zu meinen Schultern und tiefer.

Er löste das Handtuch. Es fiel zu Boden.

Ich war splitternackt.

Nackt, feucht, mit hochgesteckten Haaren.

Egal … Hauptsache er machte weiter!

Und das tat er. Seine Zunge grub sich tiefer in meinem Mund, seine Lippen wurden noch leidenschaftlicher … Gierend nach mehr, zog er mich fest an sich und ließ mich seine Erektion spüren.

Mir wurde immer heißer. Mein Atem ging schneller und meine rechte Hand wanderte unkontrolliert zu seiner gehärteten Männlichkeit. Als ich ihn berührte, stöhnte er. Das törnte mich an, und ich kam richtig in Fahrt.

Während meine Hände nun hastig sein Hemd öffneten, um ihn daraus zu schälen, und meine Finger anschließend geschickt den Reißverschluss seiner Hose lösten, sodass ich mit seinem Schwanz spielen konnte, küsste er mich voller Inbrunst und Leidenschaft.

Unter seinem Stöhnen und seinen fordernden Küssen wurde ich immer schwächer, bis er plötzlich innehielt, mich schwungvoll auf den Arm nahm, und zum Bett trug. Dort legte er mich sanft ab und zog sich seine Schuhe, Strümpfe und Hose aus.

Ich genoss den Anblick.

Er war umwerfend, auch wenn ich mir das ungern eingestand. Aber sein Körper war perfekt, ebenso wie seine

Haut und seine vollkommenen Gesichtszüge.

Ich fand nichts Negatives an dem Mann. Bis auf seine freche Art, die er mir manchmal offenbarte.

Aber wenn ich ganz ehrlich zu mir war, fand ich selbst die sehr reizvoll.

Er stand vor mir und sah gezielt auf meinen völlig nackten und wehrlosen Körper, der bebend zwischen den seidigen Kissen lag.

Sein Blick erregte mich.

Ich wollte aber nicht, dass er meine Unterwürfigkeit sah. Deshalb lenkte ich ab. »Für einen Snob küsst du nicht schlecht!«

Er lachte kurz auf. »Du nennst mich einen Snob?«

Ich zuckte mit den Schultern. »Naja, das bist du eben für mich.«

»Und was verstehst du unter einem Snob?«

»Einen Schnösel, einen Besserwisser, einen Streber, so einen eitlen, pikfeinen Kerl, wie du es bist.«

»Du hast keine Ahnung, wie ich bin, Princess!«

»Wieso nennst du mich Princess?«

»Gefällt dir *Nur-Ana* besser?«

Und da war sie wieder … seine Stichelei!

Ich rutschte tiefer und streckte meinen Fuß nach ihm aus. Meine Zehen pirschten an seine schwarze Unterhose. Ich klemmte meinen Fuß unter seine Hoden und drückte dagegen. An seinem gequälten Gesichtsausdruck konnte ich sehen, dass ich traf.

»Bist du so frech, weil du wieder bestraft werden willst? Hat es dir von hinten so gut gefallen?«, fragte er, griff nach meinen Fuß, schnappte sich auch meinen anderen und presste sie so weit auseinander, dass ich fast einen Spagat vor ihm machte.

»Du schaust mir wohl gerne zwischen die Beine? Und im Übrigen fand ich deine Bestrafung nicht überragend. Ich kann mich an bessere Nächte erinnern«, ließ ich ihn wissen, obwohl mir beim besten Willen keine bessere Nacht einfiel als die Stunde mit ihm am Lagerfeuer.

»Wenn das so ist, bitte ich um eine weitere Chance, dich von meinen Qualitäten als leidenschaftlicher Liebhaber zu überzeugen.«

Ich schluckte. Mit dieser Antwort hatte ich nicht gerechnet. Mist! Jetzt konnte ich noch nicht einmal frech kontern.

Während ich krampfhaft überlegte, was ich erwidern konnte, begann mich Veit von seinen Lippenbekenntnissen zu überzeugen.

Er fuhr mit seiner Zunge sanft mein linkes Bein entlang. Kurz vor meiner Scham stoppte er und leckte mich am rechten Bein wieder zurück bis zum Fuß.

Ich verkniff mir ein Stöhnen und grub meine Finger in das Bettlaken. Wieder begann er meine Beine zu liebkosen, und machte abermals vor der wichtigsten Stelle Halt.

Das war zum Verrücktwerden!

Dieses erotisierende Gefühl drang durch jede Pore meiner nackten Haut.

Meine Brüste schmerzten, meine Lippen verlangten nach mehr, es war kaum zu ertragen!

Er wusste, dass er mich damit um den Verstand brachte. Nach dem dritten Anlauf zeigte er Erbarmen und gab meiner Vulva einen hauchfeinen Kuss.

Mehr ... mehr!, schrie es in mir, aber ich wollte nicht betteln.

Stattdessen leckte ich über meine bebenden Lippen, und knetete selbst meine Brüste. Kaum hatte ich damit begonnen, hielt er meine Hände fest. »Ganz ruhig, Princess. Wir wollen doch nichts überstürzen.«

Und ob ich das wollte! Ich verzehrte mich danach!

Veit kam näher. Er legte sich dicht über mich, sodass mich sein Atem streichelte. Er ließ meine Hände los und verwöhnte mich mit einem weiteren Kuss.

Er schmeckte so gut, so männlich und maskulin.

Während ich an seinen Lippen saugte, wanderten meine Finger über seinen Rücken.

Sein Oberkörper fühlte sich so stark an. Ich genoss es, seine Muskeln zu fühlen und seinen knackigen Hintern zu massieren. Mein Unterleib presste sich ganz automatisch nach oben, ran an seine Männlichkeit. Ich fühlte, wie hart er war, und hob meinen Po weiter, um mich an ihm zu reiben.

Kraftvoll presste ich mich an seine Erektion.

Veit biss mich in die Lippe, und sein Mund wanderte meinen Hals abwärts. Mit den Zähnen hinterließ er manche Spur auf meiner Haut.

Mein Herz klopfte wild, als er seine Hand um meine Brust legte und mich zu streicheln begann.

Er verwöhnte meine Brustwarzen abwechselnd mit seiner Zunge. Er umrundete sie, leckte sie, pustete zart.

Ich wollte mehr und bäumte mich auf.

Ich sah sein Grinsen, dann seine Zähne … Autsch!

Er biss in meine Nippel, versenkte seine Zähne in dem rosa Fleisch und zog derb daran. Seine Bisse wurden heftiger, abwechselnd quälte er mich.

Es war unerträglich und doch wollte ich mehr!

Ich wandte mich unter ihm hin und her, und krallte mich in seine Haare.

»Ich würde dich jetzt gerne vögeln. Beginnen wir ganz klassisch mit der Missionarsstellung«, sagte er leise, bevor seine Lippen tiefer wanderten und seine Zunge meinen Bauchnabel liebkoste.

»Was für ein verführerisches Angebot. Und vor allem deine Wortwahl … Ah-ah«, entfuhr es mir unbeabsichtigt, als er an meiner intimsten Stelle angekommen war.

Seine Zunge umkreiste spielerisch meinen Kitzler. Dann nahm er seine Finger dazu, massierte und drückte ihn, bis ich beinahe kam.

Er bemerkt es rechtzeitig und stoppte. »Nicht so schnell, Princess. Du hast es immer sehr eilig«, ließ er mich wissen, und ich versuchte nach ihm zu treten.

In dem Moment fuhren zwei seiner Finger in mich hinein. Ohne Vorwarnung und in einem rasanten Tempo!

Ich bäumte mich auf und schrie.

Er grinste mich nur überlegen an und begann mich sanft zu penetrieren. Während die Finger seiner linken Hand mich innerlich rieben, massierten seine rechten Finger meine Klit … Es dauerte keine Minute, bis ich wieder kurz vor dem Orgasmus stand.

Und abermals stoppte er!

»Wa… was soll das? Willst du mich quälen?«

»Ein bisschen schon. Ich fühle mich göttlich, wenn ich

deine Orgasmen kontrollieren kann«, erklärte er mir, und machte da weiter, wo er eben so abrupt aufgehört hatte.

»Ja, mehr!« flüsterte ich hungrig und räkelte mich unter seiner intimen Massage, bei der er seine Finger immer tiefer grub, meinen G-Punkt knetete, und meine Perle mit der Fingerkuppe sanft umkreiste.

»Wie war das?«, hakte er nach.

»Mach weiter!«

»Das geht aber ein bisschen netter, oder?«

»Mach weiter! B-I-T-T-E ...«

»Schon besser, aber irgendwie reicht mir das nicht«, sagte er, und seine Berührungen wurden ganz langsam, jetzt, da ich wieder kurz vor einem Orgasmus stand.

Verdammt! Ich hielt das kaum noch aus. Mein Verlangen nach ihm brachte mich um den Verstand.

Das Blut strömte heiß durch meine Adern, mein Herz pochte laut und viel zu schnell. Mein Atem ging hastig, meine Lippen waren trocken.

Ich war in Ekstase, mein Unterleib brannte, meine Eingeweide barsten, ich stand kurz vor einer Explosion, und er stoppte komplett!

Ich konnte nicht mehr, ich hielt das keine Minute länger aus! Ich brauchte dringend Erleichterung.

»Hör nicht auf, bitte, nicht aufhören! Mach weiter, nur weiter, berühr mich mit deinen Fingern, massier mich, drück mich, reib mich, fick mich, nimm mich – aber hör bitte nicht auf! Ich brauch das, ich brauch dich! Schenk mir Erlösung, BITTE!«, sprudelten die Worte aus mir heraus, und ich schämte mich für das, was ich da von mir gab, und gleichzeitig war es mir egal.

Hauptsache er schenkte mir Befriedigung.

»Na, wenn du mich so nett bittest, dann kann ich dir diesen Wunsch nicht abschlagen.«

Veit war ein Gott!

Er stieß einen weiteren Finger in mich, nahm seine Zunge dazu und leckte und drückte mich zu einem gigantischen Orgasmus. Ich explodierte unter ihm und schrie wie nie zuvor.

Dass wir hier in einem Hotel waren, hatte ich komplett vergessen. Ich schwebte in einem Taumel der Gefühle, die mich für einen Moment unsterblich machten.

Kaum fiel mein Pegel der Ekstase, legte Veit nach.

Er hatte bereits ein Kondom übergestreift, griff wieder nach meinen Beinen, spreizte sie, erhob sich etwas und fuhr mit einem einzigen mächtigen Stoß tief in mich hinein.

Und wieder musste ich schreien.

Ich bäumte mich auf, um die Wucht seines Stoßes abzufangen, und ihn ganz aufnehmen zu können.

Als ich wieder einigermaßen zur Besinnung kam, konnte ich keinen klaren Gedanken fassen. Meine ganze Konzentration war auf den Punkt gerichtet, an dem sich unsere Körper vereinten.

Es tat so ungeheuerlich gut.

Er stieß mich, indem er vor mir kniete, meine Beine gespreizt über seinen durchtrainierten Schenkeln lagen und er meinen Unterleib zu sich zog, wie es ihm beliebte. Dann wechselte er plötzlich und kam über mich … ohne zu unterbrechen.

Ich schloss die Augen und ging im Rhythmus der Liebe

auf.

Ehe ich mich versah, hatte ich mich ein zweites Mal explosionsartig entladen.

Aber Veit lächelte nur und wirbelte mich herum, sodass ich jetzt rittlings auf ihm saß. »Mylady, Sie sind dran!«, sagte er grinsend und forderte mich auf, ihn zu reiten.

Ich begann zögerlich, mich auf- und abwärts zu bewegen. Er nahm seine Hände dazu, griff an meinen Po und verstärkte meine Bewegungen, bis ich mich komplett gehen lassen konnte und Spaß daran fand.

Ich schloss meine Augen und begann ihn beherzt zu reiten, während er sich meinen wippenden Brüsten widmete. Ich verlor vollends das Zeitgefühl, und wir erlebten gemeinsam einen Akt der Vollkommenheit, in dessen Verlauf ich ein drittes Mal kam.

Unglaublich, so etwas hatte ich noch nie erlebt!

Kapitel 6

Auch zwei Stunden später, als ich erschöpft in seinen Armen lag, konnte ich den Sex mit ihm nicht vergessen. Ich hatte bisher noch nie so viel Spaß mit jemandem gehabt. Diese Ungezwungenheit, die er mir entgegenbrachte, die Lust, die er mir schenkte und die Vertrautheit, die ich bei ihm spürte, waren einmalig.

Er war ein Mann zum Verlieben, definitiv, aber genau das durfte mir nicht passieren!

Schlimm genug, dass sich meine Vagina in ihn verguckt hatte und sich nach ihm verzehrte, mein Herz musste ich vor ihm schützen.

Veit schlief, während es in meinem Hirn nur so ratterte. Ich lag an seinem warmen Körper, hörte seine ruhige Atmung, fühlte seine weiche Haut und packte die Gelegenheit beim Schopf.

Beherzt stand ich auf, schlich ins Bad, zog mich im Dunkeln an – nur die Taschenlampe meines Smartphones spendete dabei etwas Licht.

Dann ging ich vorsichtig zur Tür und stahl mich leise hinaus. Puh, geschafft! Und jetzt nichts wie heim!

Als ich aus dem Rain kam, strahlte mir die Sonne entgegen.

Bei den zugezogenen Jalousien in der Suite war mir gar nicht aufgefallen, dass der Tag schon begonnen hatte. Ich zückte wieder mein Smartphone und schaute auf das Display.

8.20 Uhr! Halleluja!

Zu Hause war bestimmt der Teufel los!

Ich hatte Maria gesagt, ich sei krank.

Wie sollte ich jetzt unbemerkt in mein Zimmer kommen? Gedankenverloren zog ich im Auto meine alten Klamotten an und suchte während der Heimfahrt krampfhaft nach einer Ausrede.

Als das Haus meines Vaters in Sichtweite kam, fiel mir tatsächlich etwas ein. Ich fuhr gezielt zu meinem Stellplatz, parkte und stieg entschlossen aus.

Ich hatte kaum zwei Schritte auf den Stufen getan, als vor mir die Haustür aufgerissen wurde.

»Wo kommst du jetzt her? Warst du etwa die ganze Nacht unterwegs?«, schrie mich Maria an. Ihre Stimme war so laut, dass es garantiert auch die Nachbarn hören konnten, die hundert Meter entfernt wohnten.

»Tut mir leid. Aber mir ging es die Nacht so schlecht, dass ich heute Morgen ganz zeitig zu einem Arzt gefahren bin. Ich wollte euch nicht extra deswegen wecken. Die Untersuchungen haben etwas länger gedauert. Es ist ein Virusinfekt«, sagte ich und schniefte unterstützend.

Marias Gesichtsausdruck verwandelte sich in eine angeekelte Fratze. »Na, bravo, das fehlt uns noch. Wer soll denn jetzt kochen und das Haus putzen? Gemäht werden muss auch wieder, und die Pflanzen, und der Müll. Ist dieser Virus ansteckend?«

»Vermutlich schon. Man kann dem aber mit Bettruhe entgegensteuern. Dann klingt es schneller ab.«

Ich hatte Glück, und sie glaubte mir. Ich durfte sofort auf mein Zimmer und schlafen, was ich nach dieser Nacht bitter nötig hatte. Sogar das ganze Wochenende blieb ich verschont.

Am Nachmittag ging ich zu meinen Tieren, gönnte mir mit Caspar einen erholsamen Spaziergang, und der Sonntag verlief genauso brillant.

Ausruhen, schlafen, mal nichts tun … welch ein Luxus!

Nur die Neugierde saß mir im Nacken.

Veit hatte sich in meinen Kopf gebrannt. Ich konnte ihn einfach nicht vergessen. Je mehr ich es versuchte, umso präsenter wurde er in meinen Vorstellungen. Er war allgegenwärtig, und es verging keine Stunde, ohne an ihn denken zu müssen.

Dass Liz mir am Montag Löcher in den Bauch fragte, machte die Sache nicht besser.

»Du meinst, es ist DER Veit Rosenberg? Der Millionär, von dem du mir letzte Woche schon erzählt hast? Der mit dem Schloss, der eine Frau sucht?«

»Ich weiß es nicht. Die Namen sind identisch. Sie sehen sich – laut Mathildas Beschreibung – auch sehr ähnlich. Sie leben in derselben Stadt und *mein* Veit scheint auch nicht gerade arm zu sein. Die Vermutung liegt nahe, dass es sich um ein und dieselbe Person handeln könnte – leider.«

»Das musst du herausfinden! Du bist aber auch selten doof, Ana, bitte entschuldige diesen Ausdruck, aber warum rennst du auch immer wieder vor ihm weg? Du hättest bei ihm bleiben sollen!«

»Und dann? Hätte er mich am Morgen aus der Suite geworfen … Was hätte ich davon gehabt?«

»Ich denke nicht, dass er dich rausgeworfen hätte. Außerdem hättest du ihn gezielt fragen können, ob er jener mysteriöser Veit Rosenberg ist, der eine Frau sucht.«

»Na, prima. Hätte ich mich etwa gleich anbieten sollen? Nein, danke! Wir leben in unterschiedlichen Welten, das passt im realen Leben nicht.«

»Aber nachts passt es?«

»Das passt immer bei Männlein und Weiblein«, sagte ich bedrückt. »Wenn ich ihn doch nur vergessen könnte! Wieso geht mir der Kerl nicht aus dem Kopf?«

»Tja, denk mal darüber nach, Süße! Anscheinend magst du ihn mehr, als du dir eingestehen willst. Ich an deiner Stelle würde erstmal herausfinden, wer er ist. Trefft euch doch mal am Nachmittag auf einen Kaffee, lernt euch kennen. Wer weiß, wie es dann weitergeht.«

»Na, klar … wir treffen uns, verlieben uns, ich ziehe auf sein Schloss und wir leben dort glücklich, bis dass der Tod uns scheidet oder so ähnlich. Liz, wir leben hier im einundzwanzigsten Jahrhundert in Las Vegas. Ich weiß, wer ich bin und was ich vom Leben zu erwarten habe. Zu träumen habe ich schon lange aufgehört.«

Obwohl ich mit beiden Beinen fest im Leben stand und die Realistin in Person war, trieb mich Veit in einen Ausnahmezustand.

Die Neugier ließ mich nicht los.

Mitte der Woche hielt ich es nicht mehr aus und knöpfte mir Mathilda vor. Die Situation war passend. Ich sollte ihr eine heiße Milch mit Honig bringen, und wir waren ungestört.

Sie lag gerade in ihrem Wellnesszimmer auf einer Relaxliege, hatte eine Gesichtsmaske aufgetragen und Gurkenscheiben auf den Augen.

»Ana, bist du es? Hast du meine Milch?«

»Ja, ich bin es, und die Milch habe ich auch. Ich stelle sie neben dich auf den kleinen Tisch.«

»Gut, und bleib! Ich brauche dich noch. Wir müssen nach einem Ballkleid schauen, und du musst etwas mit meinen Haaren probieren!«

In mir schallten die Alarmglocken. *Ballkleid?*

Das Wochenende rückte näher … Veit!

»Sag bloß, bei Mister Rosenberg geht es in die nächste Runde?«

»Oh ja, und dieses Mal ist es mega wichtig! Echt, total!«

»War es doch letzte Woche und die davor auch schon.«

»Das ist nicht dasselbe. Es sind nur noch zehn Frauen im Rennen, ich bin eine davon. Und es ist der letzte Abend. Er wird sich übermorgen seine Frau aussuchen und gleich am Wochenende heiraten.«

Ich war geschockt und konnte gar nichts mehr sagen.

»Ana? Ana, bist du noch da?«

»Äh, ja … Sag mal, du hast inzwischen nicht zufällig ein Bild von diesem Veit, oder?«

»Nein, aber wenn ich ihn heirate, bekommst du ein Hochzeitsfoto. Und wenn ich dann auf seinem Schloss lebe, kannst du auch meine Zimmer haben.«

»Wie großzügig, danke«, sagte ich und wurde langsam

verrückt. »Äh, wie lief es denn eigentlich bei eurer Poolparty? Wie lange habt ihr gefeiert?«, hakte ich nach, denn gegen zwei Uhr in der Nacht hatte ich *meinen* Veit im Rain getroffen.

»Um Mitternacht war wieder Schluss.«

Mist, also könnte er es tatsächlich sein. »Und diese Woche brauchst du ein Ballkleid? Es geht also nicht wieder in den Pool?«

»Nein, es ist ein Maskenball. Oh, eine gute Maske brauche ich auch noch. Allerdings so eine, in der er mich noch erkennen kann.«

»Und er sucht sich dann bei diesem *Maskenball* eine Frau aus? Wie muss ich mir das vorstellen?«, wollte ich wissen und platzte fast vor Neugier.

»Das weiß ich auch nicht genau. Bisher bekam ich von seiner Security immer eine Einladung zum nächsten Abend. Vielleicht bekomme ich am Freitag ja einen Ring, wer weiß?«, erzählte sie mir kichernd, und in mir begann es zu brodeln wie in einem Vulkan.

Jetzt bereute ich es, weggelaufen zu sein.

Nein! Vergessen sollte ich den Typen! So ein Arsch! Veranstaltete Events, um sich eine Frau aus Hunderten zu suchen. Das war ja schlimmer als beim Speed-Dating. Und dann gleich heiraten! Hatte er es so nötig?

Ich war so wütend auf den Kerl!

Selbst nach Stunden – als ich mit Mathilda online auf der Suche nach einem Ballkleid gewesen war – beruhigte sich mein Puls nicht. Alles in mir tobte.

Ich hatte das starke Verlangen, mit auf den Ball zu gehen. Zum einen wollte ich IHN sehen, mich überzeugen, dass er es war! Und zum anderen wollte ich die Frauen sehen. Was war das nur für ein beklemmendes Gefühl in meiner Brust? Eifersucht? Ich eifersüchtig?

Wegen so einem Idioten?

»Eine Begleitung kannst du nicht mitnehmen, oder?«, fragte ich vorsichtig.

»Du meinst eine Person?«

»Ja, wie mich zum Beispiel. Ich meine, wenn er dich wählt, wäre es doch super, ein Familienmitglied dabei zu haben.«

»Ana, du bist kein Familienmitglied! Du bist so etwas wie eine Stiefschwester, und das noch nicht einmal richtig.«

Nun wusste ich wenigstens, was sie von mir hielt. »Aber du musst gefahren werden. Ich kann dich hinbringen und auch wieder abholen. Das wäre kein Problem.«

»Nein, das ist nicht nötig. Die letzten zehn Bewerberinnen werden abgeholt und nach Hause gebracht. Hilf mir lieber bei der Auswahl des Kleides! Wie findest du das lilafarbene? Es ist ein Minikleid mit tiefem Ausschnitt und hinten hat es eine lange schmale Schleppe. Das bringt meinen Busen und die Hüften gut zu Geltung. Passend dazu kann ich eine schwarze Maske tragen, oder?«

Ich nickte nur zustimmend. Was sollte ich auch sagen? Mir war es egal, was sie anzog. Ich wollte nur eines: auch zu diesem Ball!

Als mir am Abend beim Saubermachen die Einladung in die Hand fiel, packte mich der blanke Neid.

›Finale der Brautschau‹ … stand drauf. Es waren zwei in-

einander verschlungene Ringe zu sehen. Ich öffnete die Karte: ›*Einladung zum Maskenball*‹!

Beginn war wieder um 19.00 Uhr auf seinem Schloss. Es war vollkommen unpersönlich, noch nicht einmal Mathildas Name wurde erwähnt. Sie war offenbar Nummer Acht!

War der Kerl wirklich so oberflächlich? Er hatte die eine oder andere arrogante Anspielung gemacht, ja. Aber er war auch hilfsbereit, freundlich, zärtlich, ein guter Tänzer und konnte göttlich küssen …

Verflucht! Auf was hatte ich mich nur eingelassen?

Wäre ich doch nur nass und triefend mit Nikolaus nach Hause geritten!

Ich fotografierte die Einladung von innen und außen, und zeigte Liz gleich am Donnerstagmorgen die Bilder. Wir ließen die erste Stunde sausen und trafen uns auf dem Campus. Das Wetter war herrlich. Wir machten es uns auf einer Bank gemütlich. Liz hatte Kaffee besorgt, und wir genossen ein Sonnenbad.

»Ist das zu fassen? Nummer Acht? Heiratet er eine Nummer? Das ist so abartig, ich kann mir gar nicht vorstellen, dass er so ein oberflächlicher Arsch ist«, ließ ich meinen Frust raus.

»Du weißt ja noch nicht einmal, ob er es wirklich ist«, sagte Liz und studierte die Bilder. »Ich hätte da so eine Idee.«

Ich war ganz Ohr. »Schieß los! Was für eine Idee?«

»Du möchtest auch zu diesem Maskenball, oder?«

»Oh, ja! Unbedingt! Aber man kommt nur mit der Einladung rein, und man braucht ein Ballkleid. Ich habe kaum zwanzig Dollar in der Tasche. Ich war froh, den Eintritt ins Rain zahlen zu können. Auf keinen Fall kann ich mir so ein Kleid leisten. Das einzig Positive, ist die Sache mit der Maske. Ich könnte so schön unbeobachtet spionieren, herausfinden, wer er ist. Er würde mich nicht bemerken.«

Aber es war unsinnig. Selbst wenn ich mir eine Maske kaufen und normale Kleidung tragen würde, ohne Einladung hatte ich sowieso keine Chance.

»Willst du auf diesen Ball, ja oder nein?«, fragte Liz.

»Ja, aber …«, begann ich, doch sie fiel mir ins Wort. »Wer etwas will, findet Wege. Wer etwas nicht will, findet Gründe. Willst du, oder willst du nicht?«

»Schöner Spruch.«

»Ja oder nein?«

»JA!«

»Gut, dann machen wir heute blau! Taylor studiert Grafikdesgin. Ich schreibe ihm gleich, dass er in der Pause zu uns kommen soll. Er kann dir nachher auch so eine Einladung basteln. Und ein Kleid treiben wir schon noch auf.«

Ich glaubte, nicht richtig zu hören.

»Das Kleid ist das kleinere Problem. Wie wollen wir so eine Einladung basteln oder meinst du, fälschen?«

»Wir gar nicht. Taylor! Und was heißt fälschen … eher kopieren. Taylor ist ein Ass, der kriegt das locker hin. Du musst ihm nur die Größe erklären und dich erinnern, was es für eine Papiersorte war. Fest, Kartonage, eher matt oder Seidenglanz? Dann schickst du ihm die Bilder auf sein Handy und er kopiert sie eins zu eins in deine Einladung.«

Die Idee war gar nicht so schlecht. Aber einen Haken gab es noch. »Glaubst du nicht, dass die hellhörig werden, wenn zweimal die Nummer Acht aufkreuzt?«

»Gut aufgepasst! Zehn Frauen sind es?«

Ich nickte.

»Dann vermute ich, dass Nummer Eins bis Zehn Einladungen haben. Du wirst die Null!«

Wenn das mal kein schlechtes Omen war.

Die Null …

Kapitel 7

Und tatsächlich wurde es die Nummer Null. Taylor hatte ganze Arbeit geleistet. Der Text war absolut identisch, sogar die Ringe waren deutlich und klar. Man bemerkte nichts von einer Kopie. Selbst das Papier hatte ich so gut in Erinnerung, dass man die Einladung nicht mehr vom Original unterscheiden konnte.

Spät am Abend, als Mathilda schon schlief, hielt ich beide Einladungen nebeneinander. Meine war etwas kleiner, aber wenn ich nicht zeitgleich mit den anderen Anwärterinnen kam, würde es vielleicht funktionieren.

Liz war mir eine große Hilfe.

Sie wollte mir sogar ihr Kleid vom Abschlussball leihen. Jetzt brauchte ich nur noch eine Maske, und dann wüsste ich in vierundzwanzig Stunden, wer dieser skurrile Veit Rosenberg tatsächlich ist.

Ich war so nervös, dass ich die ganze Nacht kaum schlafen konnte.

Liz begrüßte mich am Freitagmorgen freudestrahlend. »Ich habe eine tolle venezianische Maske passend zum Kleid. Du wirst staunen! Wir machen heute eher Schluss, und du gehst mit zu mir zur Anprobe.«

»Echt? Du hast eine Maske? Du bist die Beste!«, jubelte ich, umarmte sie, und drückte ihr einen fetten Kuss auf die Wange. »Ich habe nur so ein ungutes Gefühl, dass ich heute Abend nicht rechtzeitig wegkomme. Es geht schon um 19.00 Uhr los. Maria lässt mich nie und nimmer gehen. Selbst wenn ich nur ins Kino wollte, dürfte ich nicht.«

»Dann sag ihr, dass wir zusammen lernen müssen.«

Ich schaute Liz schräg an. »Lernen? Das ist Maria doch egal. Ihr wäre es am liebsten, wenn ich das College schmeißen würde. Dann könnte ich noch mehr zu Hause tun. Ich habe mir die halbe Nacht den Kopf zerbrochen, finde aber keine Lösung. Ich denke, ich muss einfach verschwinden und dafür morgen früh die Strafe kassieren. Anders geht es nicht.«

»Wie will sie dich denn bestrafen? Du bist doch schon gestraft genug.«

Ich zuckte mit den Schultern, während wir zur Vorlesung durch die Gänge liefen. »Keine Ahnung, sie kann von mir aus tun, was sie will, solange sie es nicht an Caspar und Nikolaus auslässt.«

»Kannst du dich gegen 19.00 Uhr wegschleichen? Du könntest doch sagen, dass du zu den Tieren willst. Ich hole dich an der Scheune ab, du ziehst dich bei mir um, und ich fahre dich zum Schloss. Gegen Mitternacht bringe ich dich wieder heim. Vorher verunstalten wir dich ein bisschen mit Dreck und Schlamm. Du kannst erzählen, dass du beim Ausritt vom Pferd gefallen bist, und bewusstlos warst. Daher kommst du so spät zurück.«

Das war eine brillante Idee!

Liz war meine Rettung.

Genau so könnte es klappen, denn ich ging jeden

Abend zu den Tieren. Plötzlich fügte sich alles zusammen. Als wäre mir das Schicksal wohlgesonnen.

Ich hatte die Einladung, eine perfekte Ausrede, eine Maske, und sogar ein echtes Ballkleid, bei dessen Anblick es mir die Sprache verschlug.

»Wahnsinn!«

Als wir am Nachmittag in Liz' Zimmer saßen, konnte ich es kaum glauben. Ihr Kleid war aus ganz feinem, weichem Stoff. Es war schneeweiß mit magentafarbenen Einsätzen, die sich wie aufblühende Blumen abhoben und unglaublich edel wirkten.

Das Einzelstück, das sich Liz zu ihrem Abschlussball hatte anfertigen lassen, war bodenlang und mit offenem Rücken versehen. Einen BH konnte man darunter nicht tragen, da am Rücken der gesamte Stoff fehlte, was sehr neckisch wirkte.

Erst kurz über dem Po wurde der Träger dieses Kleides wieder bedeckt. Vorne waren im Brustbereich Cups eingearbeitet, die mit magentafarbenen, sich zu den Schultern hinauf schlängelnden Stickereien übersät waren, und hinten am Haaransatz mit drei kleinen Perlen geschlossen wurden.

Die Taille war eng und schräg geschnürt. Der fließende Stoff fiel malerisch zu Boden und war unten leicht wellig ausgestellt. Ein echter Hingucker, und die Farben waren der Knaller. Passend dazu reichte mir Liz eine weiße venezianische Maske.

Sie war grazil bestickt, sehr schmal und wirkte hochwertig. Ein Handicap gab es – sie hatte einen Griff!

Er war bedeckt mit weißem Stoff und eine geflochtene

Kordel baumelte daran.

Man konnte die Maske nicht anlegen, sondern musste sie permanent vor die Augen halten, wobei ich mich lieber verstecken wollte.

»Sorry, Süße, aber andere weiße Masken gab es nicht. Nur schwarze und rote, und das wäre bei dem Kleid ein farbliches Desaster gewesen. Zur Not müssen wir ein Gummiband daran nähen. Dann brauchst du sie nicht die ganze Zeit über zu halten.«

Mir war es egal. Ich war auch so überglücklich.

Ich wollte ja nur wissen, ob es wirklich Veit war, und würde dann gleich wieder verschwinden.

Als ich vor dem Spiegel stand und mich in dem Outfit bewunderte, sprühte mein Herz Funken. Ich hielt die Maske vor mein Gesicht – perfekt!

»Komm, ich steck dir gleich deine Haare hoch, dann hast du nachher keine Arbeit damit«, bot mir Liz an. Das war eine gute Idee, denn die Zeit raste.

Es war schon 15.00 Uhr, als ich nach Hause kam. Das Kleid und die Maske hatte ich in einem schlichten großen Plastikbeutel untergebracht, den ich in meinem Zimmer abstellte.

Maria empfing mich mit zig Aufträgen, die ich alle zu erledigen hatte. Nur gut, dass ich die Tiere immer am Morgen versorgte. Für die beiden war gar keine Zeit.

Ich musste in Windeseile einen Kuchen backen, drei Pflanzen umtopfen, die Betten neu beziehen, im Esszimmer den Tisch decken und dekorieren, weil um 16.00 Uhr eine Visagistin kam, die Mathilda herrichten sollte.

Für all das hatte ich nur eine Stunde Zeit.

Ich stürzte mich in die Arbeit und schaffte es dennoch nicht rechtzeitig. Wenigstens waren der Kuchen und das Esszimmer soweit fertig.

Während die Ladys aßen, topfte ich die Pflanzen um und hörte dabei gezwungenermaßen das Gespräch mit an. Was Mathilda von Miss Stuart erwartete, war gewagt.

Sie erhielt eine Wimpernverlängerung, ein langes Haarteil wurde eingearbeitet, ihre Brüste sollten mit Klebeband in Stellung gebracht werden, und natürlich durfte ein aufwendiges Make-up nicht fehlen.

Ich war froh, als die Pflanzen fertig waren und ich nach oben gehen konnte, um die Betten zu machen. Aber ich hatte mich zu früh gefreut.

Mathilda und Miss Stuart folgten mir.

Das Sprichwort: ›Wer schön sein will muss leiden‹ war mir geläufig. Aber noch nie hatte ich es so bildlich vorgeführt bekommen.

Was Mathilda alles auf sich nahm, verdiente meinen Respekt, wobei es im Grunde unsinnig war. Entweder der Kerl nahm sie so, wie sie wirklich war, oder er entschied sich für das künstliche Püppchen, das nichts mehr mit meiner Stiefschwester gemeinsam hatte.

Das blonde, lange Haarteil war ein Pferdeschwanz geworden, der ihr bis auf den Po fiel, wobei sie selbst nur kinnlange Haare hatte. Sie war so stark geschminkt, das man einen Spachtel bräuchte, um das Make-up zu entfernen. Das kurze, lila Kleid war zwar sehr sexy, aber das Thema Ballkleid war damit in meinen Augen völlig verfehlt. Und ihre schwarze Maske gefiel mir auch nicht.

Die war, im Gegensatz zum Rest, viel zu schlicht. Mich

erinnerte das Ding an eine Slipeinlage, aber nicht an einen Maskenball.

Hoffentlich fragte sie mich nicht, wie ich ihren Look fand. Denn eine gute Lügnerin war ich noch nie gewesen.

Ein Blick auf die Uhr verriet mir, dass es bereits 18.00 Uhr war. Inzwischen wurde es auch für mich Zeit, in Richtung Scheune zu verschwinden. Liz wollte mich in einer Stunde dort abholen.

Erst jetzt, da ich in den Beutel lugte, fiel mir auf, dass ich gar keine passenden Schuhe hatte. Das einzige Paar Pumps, das ich besaß, war goldfarben. Nun gut, mussten die es eben sein. Hoffentlich sah mir keiner auf die Füße.

Ich packte die Schuhe dazu und ging mit den Sachen vorsichtig die Treppe hinunter. Maria saß in der kleinen Bibliothek auf der roten Chaiselongue und stöberte durch Kataloge.

Ich stellte den Beutel im Entree ab und ging zu ihr.

»Ich bin soweit mit allem fertig. Die Pflanzen stehen im Wintergarten und die Betten habe ich eben überzogen. Ich würde jetzt gerne Nikolaus und Caspar füttern.«

Maria guckte gelangweilt auf. »Hast du das Esszimmer schon sauber gemacht? Das Geschirr gewaschen und weggeräumt? Sind die Kuchenreste im Kühlschrank, und wurde gesaugt?«

Gar nicht gut … Wie konnte ich auch so blöd sein und das vergessen? Ein Blick auf die Uhr verursachte einen Krampf in meiner Magengegend.

»Wird sofort erledigt, und danach gehe ich zu Nikolaus. Die Tiere haben bestimmt schon Hunger.«

»Ja, aber beeil dich! Wenn Mathilda weg ist, musst du

ihr Zimmer aufräumen und die beiden oberen Badezimmer putzen, und wenn du einmal dabei bist, kannst du gleich die Flure wischen, oh, und den Eingangsbereich auch noch. Du weißt, dass ich es sauber haben will.«

Und ob ich das wusste.

Aber daraus wird wohl heute nichts, dachte ich mir, und machte mich flink daran, das Esszimmer auf Vordermann zu bringen. Während ich die letzten Brösel vom Tisch fegte, erschien Mathilda, und ihr Blick gefiel mir gar nicht!

Sie hatte die rechte Hand in die Hüfte gestützt, wippte mit ihren Fuß, und hielt mir MEINEN Beutel entgegen, den ich dummerweise im Entree stehen gelassen hatte.

»Was ist das?«, fragte sie giftig.

Sie holte meine Schuhe heraus und ließ sie fallen.

Sie griff nach der Maske und hielt sie mir unter die Nase. »Hmm? Nun sag schon! Wozu brauchst du eine Maske?«, rief sie hysterisch und knallte die schöne Maske auf den Tisch. Dann griff sie auch noch nach dem Kleid und zog es heraus.

Ihre Augen wurden immer größer, als sie das Schmuckstück sah. Sie blickte an sich herab, dann wieder zu meinem Kleid, und ich hatte Angst, dass sie jeden Moment in die Luft gehen könnte.

»Äh, äh … Das, äh, die Sachen gehören Liz!«, versuchte ich mich zu rechtfertigen, und im Grunde war das sogar die Wahrheit.

Mathilda hörte mir gar nicht zu. »MOM! MOM! MOOOOM! Schnell, komm mal! Ganz schnell! Los!«

Ich hörte es poltern, und die hakigen Schuhe von Maria, die viel zu schnell über die Fliesen klackerten.

»Ist was passiert? Ist alles in Ordnung, Herzchen?«, fragte sie erschrocken, und ihre Augen suchten Mathilda von oben bis unten nach Blessuren ab.

»Schau dir DAS an!«, sagte Mathilda und hielt ihrer Mutter mein Kleid unter die Nase. Dann zeigte sie ihr auch noch die Maske. »Die Sachen gehören Ana! Ist das nur ein dummer Zufall, dass sie ausgerechnet heute so ein tolles Kleid und auch noch eine Maske bei sich hat, oder sollte ich mir Sorgen machen, Mom?«

»Aber die Sachen sind nicht von mir! Sie gehören Liz! Wirklich«, sagte ich völlig fertig.

»Und wieso hast du sie dann?«, stellte mich Maria zur Rede. Oh, ich war eine Niete im Ausreden erfinden. »Weil, weil ich eine Änderung am Kleid vornehmen sollte. Die Knöpfe, ja die drei Perlen, der Verschluss ganz hinten, waren kaputt, und ich sollte das nähen. Ich wollte die Sachen jetzt nur mit ins Auto nehmen, damit ich sie am Montag nicht vergesse.«

»Dann braucht deine Freundin das Kleid heute gar nicht?«, hakte Mathilda nach, und das war eine Fangfrage. Natürlich brauchte sie es nicht, außerdem konnte ich mir den Abend jetzt eh abschminken. In diesem Outfit könnte ich niemals auf dem Ball erscheinen. Mathilda würde mich sofort darin erkennen, das Kleid war ein Unikat, und es würden nur zehn Frauen anwesend sein.

Ich fühlte mich wie in einem Kartenhaus, das über mir einstürzte. Alles war dahin. Ich würde nie erfahren, ob es mein Veit war. Vielleicht ist das auch gut so!, sagte mir eine innere Stimme. Ich sollte ihn besser vergessen.

Ich war so in Gedanken versunken, dass ich gar nicht mehr mitbekam, worüber sich Mathilda mit ihrer Mutter unterhielt. Erst, als sie vor meinen Augen aus ihrem lila Kleid schlüpfte und ich das braune Klebeband auf ihrem Oberkörper sah, realisierte ich, was sie vorhatte.

»Das geht nicht! Das Kleid gehört dir nicht. Du kannst es nicht anziehen!«, sagte ich entsetzt.

»Liz braucht es heute nicht, und ich werde es schonen. Da kommt schon nichts dran. Wenn du ihr nichts sagst, wird sie nie davon erfahren«, blaffte mich Mathilda an, und Maria mischte sich auch noch ein. »Außerdem ist es sicherer, wenn Mathilda es heute Abend trägt. Ich finde es äußerst merkwürdig, dass du so ein Kleid bei dir hast, und dann ausgerechnet mit einer Maske, wo deine Schwester heute zu einem Maskenball eingeladen ist. Nicht, dass du dich unter die Partygäste schleichen wolltest, um Mathilda die Chance ihres Lebens zu verderben, nicht wahr, mein Schätzchen?«, sagte sie und zupfte das Kleid zurecht.

Mathilda freute sich wegen der schönen weißen Maske, die sie nicht permanent aufsetzen musste, sondern in der Hand halten konnte. »Die ist so brillant! Veit kann mich die ganze Zeit sehen. Das Kleid ist einfach himmlisch, Mom«, sagte sie entzückt und drehte sich dabei im Kreis, während mir die Galle hochkam.

»Oh, Schätzchen warte! Man sieht das Klebeband am Rücken. Außerdem musst du die Schuhe wechseln, die schwarzen passen überhaupt nicht dazu. Du brauchst höhere Schuhe, das Kleid ist ein wenig zu lang für dich«, erkannte Maria richtig.

»Aber wir haben keine Zeit mehr, Mom! Die holen mich gleich ab. Beeil dich! Los, beeil dich! Schneid mir das Klebezeug vom Rücken!«

Während die beiden beschäftigt waren, räumte ich das Esszimmer weiter auf. Der Tag war sowieso gelaufen.

»Schätzchen, hast du deine Einladung?«, hörte ich Maria von Weitem rufen.

Das war mein Stichwort.

An die Einladung hatte ich vor Aufregung gar nicht gedacht, die lag noch in meinem Zimmer. Ich hätte es so oder so verbockt, oder anders ausgedrückt: Es sollte einfach nicht sein!

Ich sah mit an, wie Mathilda von einer weißen langen Limousine abgeholt wurde. Maria platze fast vor Stolz und machte unzählige Fotos, während ich die Hintertür nahm und niedergeschlagen zu den Stallungen ging.

Nirgendwo anders wollte ich gerade lieber sein als bei meinen Tieren. Caspar empfing mich freudig. Er sprang mich an und herzte mich, und auch Nikolaus schien meine Traurigkeit zu spüren. Immer wieder suchte er meine Nähe, stupste mich an und wieherte.

Ich fütterte beide gedankenverloren, als plötzlich mein Handy klingelte. Liz!

Mist, ich hatte vergessen, ihr abzusagen …

»Hey, Süße, es wird ein paar Minuten später. Mein Auto streikt und ich habe mir jetzt den Wagen meines Bruders geborgt. Ich fahr sofort los, bin gleich bei dir …«

»STOP! Du brauchst nicht losfahren! Es hat sich erledigt«, begann ich und erzählte ihr die ganze Story.

»Was?«, fragte Liz ungläubig.

»Tut mir wirklich sehr leid, wegen deinem Kleid. Ich hätte ihr verbieten müssen, es anzuziehen. Aber ich hatte einfach keine Kraft, mich mit den beiden anzulegen. Ich bin total enttäuscht von mir und werde mit meiner eigenen Blödheit nicht fertig. Erst lasse ich den Beutel stehen, und dann vergesse ich auch noch die Einladung. Das zeigt mir eindeutig, dass ich nicht zum Ball gehen soll.«

»Quatsch, Ana! Rede dir nicht so einen Unsinn ein! Du warst aufgeregt, deshalb hast du die Karte liegenlassen. Und dass Mathilda einfach an deine Sachen geht – selbst, wenn es nur eine Tüte ist – gehört sich nicht! Du gehst jetzt in dein Zimmer, holst die Einladung, und ich bin in einer Viertelstunde bei dir! Wir gehen shoppen, wir finden noch ein Kleid für dich, ich bezahle es auch. Wo es Masken gibt, weiß ich ebenfalls. Wir brauchen maximal eine Stunde. Dann bist du halt zu spät, na und? Aber du kannst zu diesem Ball, Süße. Gib nicht auf! Jetzt erst recht nicht!«

Zugegeben, es klang verlockend, aber mir war die Lust vergangen, und die Kraft, und mein Mut – einfach alles. »Tut mir leid, Liz. Ich kann nicht. Es ist mega lieb von dir und ich weiß, dass du die Allerbeste bist, und ich immer auf dich zählen kann – du bist unbezahlbar! Aber ich habe aufgegeben und das starke Gefühl, als sollte es nicht sein.«

»Und wenn ER es ist?«

»Eben! Stell dir vor, er ist es! Und dann? Soll ich ihm eine Szene machen? Es geht mich nichts an, was er privat tut oder nicht. Ich hatte zwei Mal Sex mit ihm – mehr nicht. Soll er heiraten, wen er will.«

»Hey, Ana … so kenn ich dich ja gar nicht. Du bist doch sonst immer so kämpferisch. Gib nicht auf! Du musst dahin!«, redete sie auf mich ein, als plötzlich Maria in ihrem roten Cabrio um die Ecke bog.

Komisch – die hatte sich noch nie hierher bemüht.

»Liz, ich kann gerade nicht. Ich ruf dich gleich zurück!« Kaum hatte ich aufgelegt, hielt Maria neben mir an und stellte den Wagen ab. Angewidert schaute sie zu Nikolaus. »Du musst jetzt hier aufhören! Ich brauche unser Familienbuch und Mathildas Geburtsurkunde. Beides liegt auf dem Dachboden, in dem alten Sekretär in einer verschlossenen Kassette. Der Schlüssel dazu klebt darunter.«

»Du brauchst es jetzt, sofort?«

»Nicht sofort, aber noch heute. Mathilda hat eben angerufen und mir gesagt, dass sie gute Chancen hat, die Braut zu werden. Naja, sie sieht ja auch umwerfend in dem Kleid aus. Jedenfalls will dieser Mister Rosenberg, dass die Trauung morgen stattfindet. Und ich habe so ein Gefühl, dass mein Schätzchen die neue Mrs Rosenberg wird.«

Ich war geschockt. »So schnell soll die Hochzeit sein? A-aber sie kennt ihn doch kaum.«

»Was zählt das schon, wenn sie ein Leben in Saus und Braus führen kann? Meinst du, ich habe deinen Vater geheiratet, weil ich ihn so toll fand?«, fragte sie spöttisch, lachte und fuhr mich weiter an. »Also, beeil dich mit den Viechern! Ich fahre jetzt auf die Wellnessfarm, schließlich muss ich als Brautmutter hervorragend aussehen. Ich werde vor Mitternacht nicht zurück sein.«

Ich wusste nicht, ob ich lachen oder heulen sollte.

Gut, der Drache war weg, und ich hatte mindestens fünf freie Stunden vor mir. Und trotzdem brodelte es in meinem Innersten.

Mathilda … die neue Mrs Rosenberg.

Ich hätte kotzen können!

Missgelaunt rief ich Liz zurück und erzählte ihr, dass ich schon mal die Geburtsurkunde suchen musste.

»Ach, Süße, lass den Kopf nicht hängen! Und sollte er sie wirklich heiraten, hat sie den dümmsten Mann von ganz Vegas und er eine Frau, die nur sein Geld liebt. Dann kannst du ihn sowieso vergessen«, versuchte Liz mich zu trösten. »Und weißt du was, ich packe jetzt ein paar DVDs zusammen, fahre anschließend zum Supermarkt, kaufe uns eine große Schokotorte, und bin in einer halben Stunde bei dir. Wir schlagen uns die Bäuche voll und schauen beschissene Liebesfilme. Was hältst du davon?«

»Klingt super! Ich lass die Haustür auf, komm dann einfach nach oben. Entweder bin ich in meinem Zimmer oder noch auf dem Dachboden. Bis nachher.«

War ich froh Liz zu haben. Sie war schon immer meine beste Freundin gewesen. Wir kannten uns geschlagene fünfzehn Jahre, und ich wollte sie auch den Rest meines Lebens keinen Tag missen. Wann auch immer ich ihr Gesicht mit den vielen Sommersprossen und ihr rotes, lockiges Haar sah, ging es mir sofort besser.

Die Aussicht, einen ausgelassenen Mädelsabend mit ihr verbringen zu können, ließ mich schnell nach Hause gehen. Caspar nahm ich gleich mit.

Kapitel 8

Auf dem Dachboden war es dunkel und stickig. Es gab nur ein kleines rundes Fenster in der Gaube, das kaum Licht spendete. Dennoch öffnete ich es, um frische Luft herein zu lassen.

Überall standen Kisten. In der Ecke entdeckte ich mein altes Klavier, das damals hierher verbannt worden war, weil Maria aus unserem Musikzimmer einen Ankleideraum gemacht hatte. Der Sekretär stand gleich daneben, und ich wurde schneller fündig als erwartet.

In derselben Kassette befanden sich auch die Sterbeurkunden meiner Eltern, meine Geburtsurkunde sowie einige alte Fotos … Ich sah Mom und Dad bei ihrer Hochzeit. Erst jetzt fiel mir auf, wie ähnlich ich meiner Mutter sah. Dieselben braunen Augen, die hohen Wangenknochen und das dunkle Haar. Sie musste in meinem Alter gewesen sein, als sie Dad geheiratet hatte.

Ich war nicht nah am Wasser gebaut, aber mir kamen gerade die Tränen. Ich fühlte mich einsam und vermisste meine Eltern. Dieser Schmerz und diese Leere würden wohl nie vergehen.

Ich dachte wieder an Veit, an letzte Woche, als wir im Rain waren, die Woche davor im Wald …

Und nun saß ich hier – alleine, auf einem Dachboden

und weinte.

Mathilda war auf dem Ball, und sie trug das Kleid, das ich so gerne angehabt hätte, und bei meinem Glück entschied der Typ sich auch noch für sie.

Ich hätte nur so gerne die Gewissheit gehabt, dass es nicht *mein* Veit war! Wenn ich mir vorstellte, dass sie mit ihm … ich wollte gar nicht daran denken.

Ich nahm die Bilder meiner Eltern und meine Geburtsurkunde an mich und verschloss die Kassette.

Plötzlich raschelte es hinter mir.

Erschrocken fuhr ich herum.

Caspar konnte es nicht sein, den hatte ich in meinem Zimmer gelassen. Und wieder dieses Rascheln …

Sah ich richtig? Saß da eine Taube? Ich konnte es kaum glauben, aber tatsächlich! Sie war offenbar durch das geöffnete Fenster geflogen.

Mein Vater hatte früher immer Tauben gehabt. Er liebte Tiere genauso wie ich. Nur Maria hatte ihren Willen durchgesetzt, sodass Dad die Tauben aufgeben musste. Jahrelang hatte ich hier keine mehr gesehen, und nun saß so ein kleines graues Tierchen vor mir auf einer alten Truhe und gurrte. »Hey, du Schönheit … du kannst leider nicht hierbleiben. Ich muss das Fenster wieder schließlich«, redete ich sacht auf sie ein und versuchte sie auf meine Hand zu nehmen. Aber sie wich immer wieder von mir und hackte beharrlich auf die braune Truhe, dann scharrte sie heftig auf dem gewölbten Deckel. Zwischendurch sah sie mich an und gurrte immer wieder.

Mir war, als wollte sie mir etwas sagen.

»Was ist in der Truhe?«, fragte ich.

Meine Güte, jetzt sprach ich schon mit Tauben …

Natürlich antwortete sie mir nicht, sondern flatterte auf das Klavier und gurrte beständig weiter.

Meine Neugier war dennoch geweckt, und ich öffnete die Truhe. Hatte ich Halluzinationen? Konnte das sein?

Lag da etwa ein rotes Kleid?

Ich griff danach und zog es langsam heraus

Ja, es war ein Kleid, und was für eines! So etwas hatte ich noch nie gesehen! Es war ein Ballkleid, ein echtes Ballkleid von früher, mit Unterkleid und einem Reifrock, der gut zwei Meter Durchmesser hatte.

Ein Schmuckstück wie aus einem Theaterfundus.

Mein Blick fiel wieder in die Truhe. Da lag noch mehr!

Ich entdeckte ein Diadem mit passenden Ohrringen, und ein paar Schuhe, weinrote Samtschuhe mit silbernen Schnallen, wie aus dem 17. Jahrhundert. So etwas wurde heute gar nicht mehr hergestellt.

Alles war farblich aufeinander abgestimmt. Das Kleid war aus feinster Seide, in einem leuchtenden Rot, und mit silbernen Applikationen bestickt. Es war trägerlos und begann erst an der Brust mit gewölbten Schalen, die oberhalb silbern umrandet waren. Unter der Brust zogen sich silberfarbene Biesen, die Richtung Taille immer enger wurden.

Meine Güte, was mussten die Frauen damals für eine Wespentaille gehabt haben.

Ab dem Bauchnabel wurde das Kleid ausladend, aber so richtig. Ich hatte mal als Kind ein Zelt besessen, das war kleiner als die Ausmaße dieses Kleides gewesen.

Der Stoff war ein Traum. Er fiel in weiten Wellen zu

Boden und wies seitlich eine Schleppe auf, die so gerafft war, dass sie am schmalen Taillenabsatz eine Rose bildete.

Ich drehte diesen Traum aus Seide hin und her, und hatte Angst, dass es schmutzig werden könnte. Es sah aus, wie aus einer anderen Zeit. Es hätte gut an den Hof vom Sonnenkönig, Ludwig den XIV, gepasst, aber keinesfalls ins einundzwanzigste Jahrhundert.

Ich war so fasziniert von diesem Fund, dass ich alles an mich nahm und glücklich zu der kleinen Taube schaute.

»Danke«, flüsterte ich.

Als hätte sie mich verstanden, gurrte sie, und flog aus dem kleinen runden Fenster.

Ich musste zweimal laufen, um alles in mein Zimmer zu bekommen. Dort breitete ich das Kleid auf meinem Bett aus. Hier unten, im hellen Schein der Deckenleuchte, waren die Farbe noch prächtiger und die silberbestickten kleinen Ranken noch auffälliger.

Ich konnte nicht anders, ich musste das Kleid anprobieren. Und es passte mir tatsächlich. Jedenfalls von vorne. An den Reißverschluss, der sich auf dem Rücken befand, kam ich leider nicht vollständig heran, sodass das Kleid ein Stück offenstand. Aber das war mir egal.

Ich fühlte mich wie eine Königin, und drehte mich voller Übermut im Kreis.

Mein Zimmer war fast zu klein für diesen Traum.

»WAHNSINN … Wo hast du denn das her?«, fragte Liz, die auf einmal wie ein Geist in meinem Zimmer stand.

In der einen Hand hielt sie die Schokotorte und in der

anderen drei DVDs.

Ich musste lachen. »Das Kleid? Das habe ich auf dem Dachboden gefunden. Das ist schick, nicht wahr?«

Liz konnte mir nicht antworten. Ihr Mund war halb geöffnet. Sie kam näher und legte die Torte ab. Dann tasteten ihre Hände über den Stoff.

Sie berührte ihn so vorsichtig, als wäre es zerbrechlich.

»So etwas habe ich noch nie gesehen«, schwärmte sie und wurde im Nu todernst. »Ana! Beeilung! Die Torte können wir auch morgen essen. Ich schminke dich jetzt, deine Frisur sitzt noch perfekt, du brauchst Schuhe und eine Maske, und dann wie nichts zum Schlösschen von Mister Geheimnisvoll!«

Unbemerkt schüttelte ich den Kopf. »Nee, vergiss es! SO, kann ich auf gar keinen Fall dorthin gehen!«

»Wenn nicht so, wie dann? Ich denke, es ist ein Maskenball?«

»Genau – ein *Maskenball*! Aber kein Retro-Event! Ich könnte aktuell in einem Stück von Shakespeare mitspielen, aber nicht auf einer Party aufkreuzen. Außerdem habe ich keine Maske.«

»Ausreden, Ana! Alles blöde Ausreden, und ich kann die nicht mehr hören. Dreh dich um!«, sagte sie und fummelte hinten am Kleid herum.

Sie zog den Reißverschluss weiter hoch und meine Luftzufuhr wurde deutlich begrenzt.

»Ist das eng, oder bin ich so fett?«

»Es ist mega eng! Und trotzdem sitzt es perfekt, wie angegossen. Sag mal, was liegt da eigentlich noch?«, fragte Liz, und griff nach dem Diadem und den Ohrringen.

»Waren die dabei?«

Ich nickte nur.

»Und das? Sind das etwa Schuhe? Wie für eine Puppe. Schlüpf rein! Du hattest ja schon immer Minifüße, dir könnten die Dinger sogar passen.«

Ohne Widerrede tat ich es und die Puppenschühchen passten tatsächlich. Jetzt sahen meine Füße noch kleiner aus, als sie eh schon waren. Ohne Widerworte ließ ich mir auch noch die Ohrringe anlegen, das Diadem in die Haare stecken und sagte auch nichts, als sie zu meinem Schminktisch ging und sich dort bediente.

Zehn Minuten später sah ich aus wie eine Adlige und erkannte mich selbst nicht mehr.

Während ich wie geschockt vor dem Spiegel stand, schwärmte Liz in den höchsten Tönen. Sie hatte ihr Handy gezückt und knipste mich von allen Seiten.

»Elizabeth Plum, Ihnen ist nicht geläufig, wo sich ein Zeitportal befindet, durch das ich mindestens dreihundert Jahre zurückreisen kann?«, wollte ich amüsiert wissen und machte vor dem Spiegel einen Knicks. Ich sah zu unwirklich aus und passte nicht in dieses Zimmer, nicht in unsere heutige Zeit.

»Nein, aber ich habe von einem Maskenball gehört, der Ihrer würdig ist, Miss Anabell Forster.«

Ich schaute Liz von der Seite schräg an. »Vergiss es! Ich kann da unmöglich in diesem Aufzug erscheinen. Ich würde ja gar nicht in dein Auto passen. Wahrscheinlich komme ich noch nicht einmal durch meine Zimmertür, bei den Ausmaßen dieses Kleides.«

»Und schon wieder: faule Ausreden! Der Reifrock ist

biegbar, du kannst dich sehr wohl damit durch Türen quetschen. Ein besseres Outfit als das findest du nirgends! Du glaubst doch an das Schicksal und daran, dass manche Ereignisse geschehen sollen. Wieso hast du also ausgerechnet jetzt dieses Kleid gefunden? Mathilda stiehlt deines und du findest ein viel besseres, das muss doch einen Grund haben«, machte sie deutlich und sprach in einem Schwall weiter. »Ja, es ist ausgefallen, einzigartig, brillant. Du stichst damit aus der Masse hervor, bist das Highlight auf der Party. Kein Auge kommt ungesehen an dir vorbei«, sagte sie, und ich fiel ihr ins Wort: »Bei diesem Ausmaß garantiert nicht!«

Liz ließ sich davon nicht irritieren. »Süße, entweder gehst du freiwillig, oder ich knock dich aus und schleif dich hin. So oder so … du gehst jetzt zu diesem blöden Ball!«

»Du hast eines vergessen: dass es ein Maskenball ist. Wo ist bitteschön die passende Maske? Es lag keine in der Truhe. So viel zu deiner Schicksalstheorie.«

»Ein bisschen Kreativität darf doch sein, oder? Hebe mal das Kleid hoch!«

Ich dachte, nicht richtig gehören zu haben. »Bitte?«

»Du hast mich schon verstanden! Kleid hoch, sofort! Zwischen dem Reifrock und dem eigentlichen Schmuckstück aus Seide befindet sich so viel roter Tüll, damit kann ich dir zehn Masken basteln.«

Typisch Liz!

Ich verdrehte die Augen und hob das Kleid an. Liz war sich für nichts zu schade. Sie kroch unter das Kleid und war verschwunden.

»Praktisch könnte ich dich jetzt mit zum Ball nehmen, das würde gar keiner bemerken.«

»Ja, ja … Geh du lieber zum Ball, und jetzt reich mir mal die Schere, die kleine Nagelschere! Sie müsste gleich neben dir auf dem Bett liegen«, rief Liz unter dem Kleid hervor. Ich tat es schweigend.

Dann hörte ich ein raschelndes Geräusch.

Es ratschte synchron. »Du schneidest jetzt tatsächlich Stücke von dem schönen Kleid weg?«

Liz antwortete nicht, sondern schnitt erst fertig, bis sie mit zerzausten Haaren unter mir hervorgekrochen kam.

»So, geschafft. Das müsste reichen«, sagte sie, und hielt mir ein Stück von dem roten Tüll entgegen.

»Super Maske, Liz. Dieses Tuch-Dings ist höchstens dreißig mal dreißig Zentimeter groß, und hat so rein gar nichts von einer Maske. Es sieht eher aus wie ein netzartiges Taschentuch.«

»Nur gut, dass ich nicht deine Fantasie habe, denn die ist zu nichts zu gebrauchen. Jetzt setzt dich auf das Bett und halt still!«

Es war zwecklos ihr zu widersprechen. Andererseits war ich gespannt, was sie vorhatte.

Sie führte den netzartigen Tüll von einem Diademende zum anderen, und verdeckte somit mein ganzes Gesicht. Bevor ich mich beschweren konnte, griff sie zur Schere, und schnitt den Stoff über meiner Nasenspitze wellenartig zu. Dann fixierte sie die Enden nochmal mit silbernen Haarklemmen – passend zum Diadem – und der kleine Schleier saß bombenfest.

»So, Miss Forster, jetzt will ich keine Ausreden mehr

hören! Sie sind perfekt gekleidet, Ihr Haar ist gekonnt hochgesteckt, das Diadem unterstreicht Ihr royales Auftreten, die Maske wirkt feminin und verspielt, und die Einladung zum Ball ist hier« sagte sie und reichte mir die Karte, die Taylor so perfekt kopiert hatte. »Nun gibt es kein Zurück mehr! Ich würde dir gerne eine Kutsche präsentieren, aber wir nehmen lieber das Auto. Ich fahre dich bis vor die Tür und sorge dafür, dass du auch reingehst.«

»Aber Liz, dass … Äh, das geht nicht so einfach. Erstens bin ich viel zu spät, u…«

»Na und wenn schon, die besten Gäste kommen immer zum Schluss!«

»Und Caspar ist hier, ich kann ihn nicht alleine im Haus lassen.«

Liz zog eine Augenbraue nach oben.

Kein gutes Zeichen …

»ANA, es ist kurz nach acht! Seit geschlagenen drei Wochen nervst du mich wegen dieser blöden Brautschau. Wir fahren da jetzt sofort hin, und Caspar nehmen wir mit. Der wartet mit mir im Auto, und jetzt mach hin, sonst trete ich dir in deinen werten Popo!«

Ich streckte ihr die Zunge raus. »Den würdest du gar nicht treffen, bei dem Kleid …«

Eine halbe Stunde später standen wir auf dem beeindruckenden Anwesen der Familie Rosenberg. Jedenfalls stand der Name in goldenen Lettern auf dem Pfeiler neben dem Tor, das sich schwungvoll geöffnet hatte, als wir angekommen waren.

Liz parkte und zwang mich auszusteigen.

Bei dem Anblick des kleinen Schlosses wurde mir ganz flau im Magen.

Es war tatsächlich ein Schloss!

Nicht so riesig, wie man sich alte Bauten vorstellte, dafür war es nagelneu und hatte optisch alles, was so ein Märchendomizil ausmachte.

Ich kam mir vor wie im Disney Land.

Ich sah viele Zinnen. Das oberste Stockwerk war mit den gemauerten Aufsätzen ringsherum versehen. Es gab drei spitzzulaufende, hohe Türme, die weit über das eigentliche Dach hinausreichten, und einen breiten Viereckssturm, der über die Burgmauer ragte.

Beidseitig entdeckte ich Erker, die von Fenstern umringt waren. In der untersten Etage brannte größtenteils das Licht. Eine breite Treppe, die nach oben hin immer schmaler wurde, führte zum Eingangsbereich, den eine emsige zweiflügelige Türe schmückte. Links und rechts davon loderten Fackeln, die mich an das olympische Feuer erinnerten.

Ich wurde immer unsicherer und wäre gerne wieder ins Auto gestiegen, aber da hatte ich die Rechnung ohne Liz gemacht. »Vergiss es! Du gehst jetzt schön die Stufen nach oben und klopfst an!«

»Und wenn sie mich nicht rein lassen? Ich meine, die anderen wurden alle abgeholt«, äußerte ich meine Bedenken.

»Hier ist deine Einladung! Du bist eben zu spät. Versuche es wenigstens«, drängelte Liz, und sie war unnachgiebig. Ich nahm zittrig die Einladung entgegen und holte tief Luft, ehe ich ganz langsam die Stufen nach oben ging.

Mein Kleid hob ich rechts und links leicht an, weil es sonst auf dem Boden entlang geschleift wäre.

Auf jedem Absatz drehte ich mich um.

Liz stand demonstrativ mit Caspar auf dem kleinen Parkplatz und vollführte winkende Handbewegungen, die mich ermahnten, schneller zu gehen.

Als ich vor der Eingangstür stand, pochte mein Herz so laut, dass ich nicht klingeln konnte. Ich ging ein Stück nach links zum Erker. Große Fenster schmückten den Teil des Schlosses, und ich spähte vorsichtig hinein. Der Schleier verdeckte mir die Sicht, und ich hob den Tüll an, um besser sehen zu können …

Es war eine Art Saal, zumindest ein sehr großer Raum. An den Decken hingen mehrere imposante Kronleuchter. Der feine Parkettboden glänzte, und in einer Ecke stand ein schneeweißer Flügel, an dem ein Musiker saß und spielte. In dem Zimmer befanden sich viele Leute, unter anderem auch mehrere Damen, die Masken trugen.

Ich hatte Angst davor entdeckt zu werden, und zog meinen Kopf immer wieder schreckhaft zurück, aber meine Neugier war stärker.

Ich versuchte die Frauen zu zählen … Waren das wirklich nur zehn? Sie kamen mir viel zahlreicher vor.

Eine trug ein weißes Minikleid und eine Art Maske, die nur halbseitig aufgemalt war. Eine andere hatte ein schwarzes, enges Abendkleid an, dessen Schlitz bis in die Leistengegend reichte. Wenn ich mich nicht irrte, sah ich ihren roten Slip hervor blitzen.

Aber sie trug tatsächlich so eine Damenbinden-Maske, wie sie Mathilda gehabt hatte.

Eine weitere Frau war mit einem auffallend türkisfarbenen Jumpsuit gekleidet. Das Teil war wirklich schick, aber was hatte dieser Damenoverall mit einem Maskenball zu tun? Denn eine Maske trug sie auch nicht!

Ich kam mir total blöd und völlig overdressed vor.

Ich sah aus wie Marie Antoinette höchstpersönlich und hatte auch noch diesen blöden Schleier im Gesicht, als würde ich eine viel zu große Nase darunter verstecken, während alle anderen modern gekleidet waren.

Ich war genauso abstrus wie meine Nummer auf der Einladung. Eine Null – und so fühlte ich mich gerade auch.

Plötzlich sah ich auch noch Mathilda und schreckte zurück. Erst nach einem Moment wagte ich es, nochmal klammheimlich durch die Scheibe zu schauen …

Ja, da war sie, meine Stiefschwester Mathilda!

Liz' Kleid war unverkennbar und wunderschön. Die weiße Maske mit der langen Kordel hielt sie in ihrer rechten Hand und spielte damit. Sie schwenkte sie hin und her, und … sie sprach gerade mit einem Mann!

Er stand mit dem Rücken zu mir. Die beiden schienen sich gut zu verstehen, denn Mathilda lachte und strahlte nur so. Ich wurde unterdessen immer nervöser und kam mir total fehl am Platze vor. Ich hätte mir einen Tarnumhang gewünscht, so einen wie Harry Potter ihn hat, damit ich mich unsichtbar machen könnte.

Plötzlich gab der Mann Mathilda einen Kuss auf die Wange und drehte sich um.

Mir wurde schlecht … ganz übel … so richtig übel!

Veit! Er war es wirklich!

Kapitel 9

Alles in mir stürzte zusammen. Gefühle überkamen mich, von denen ich noch nicht einmal wusste, dass ich sie besaß. Mir wurde heiß und kalt zugleich. Mir war, als würde sich mein Magen umdrehen und gleichzeitig jemand Eiswasser über mich gießen, während ich innerlich lichterloh brannte.

Was tat ich hier eigentlich?

Ich stand in einer Verkleidung vor dem Fenster und beobachtete wildfremde Leute! Wenn mich einer sah …

Peinlicher ging es gar nicht mehr!

Ohne weiter zu überlegen, ließ ich die Einladung fallen, raffte mein Kleid und eilte die Treppe hinunter. Ich musste aufpassen, nicht zu fallen.

Die kleinen Schuhe hatten so ihre Tücken, und es ging langsamer voran, als mir lieb war. Die Stufen nahmen gar kein Ende. Mein Herz pochte und meine Hände wurden ganz feucht vor Angst. Liz stand immer noch am Auto, und Caspar wedelte freudig mit dem Schwanz, als er mich kommen sah.

»Was ist los, Ana? Warum gehst du nicht rein?«

Ich winkte ab und legte den Schleier auf den Kopf, damit ich Liz ansehen konnte.

Auf diese Weise brauchte ich nicht viel zu erklären, meine Tränen sprachen Bände.

»Was ist passiert? Hat dich jemand gesehen?«

Ich schüttelte den Kopf.

»Aber was ist denn? Nun sag schon!«

»Er … er ist es!«, mehr brachte ich nicht raus.

»Echt? ER? Veit? Der Veit von letzter Woche, mit dem du die Nacht im Rain verbracht hast? Der Veit von …«

»Ja, verdammt, der Veit! So ein Arsch! Komm, Liz, fahr! Ich will nach Hause.«

»Hey, jetzt mach mal langsam … wegen ihm bist du doch hier, oder?«

»Nein, eigentlich nicht, wenn du mich so fragst. Im Grunde bin ich hier, weil … weil, naja, ich wollte mich davon überzeugen, dass er es nicht ist! Verstehst du?«

»Ja, schon. Aber die Gefahr, dass er es ist, bestand die ganze Zeit«, sagte sie und hatte Recht.

Natürlich wäre es ein Zufall gewesen, wenn es zwei Veit Rosenbergs mit diesen Ähnlichkeiten gegeben hätte. Trotzdem hatte ich darauf gehofft, dass er es nicht war und war nun tief enttäuscht.

»Hey, jetzt schau nicht so traurig! Da oben ist dein Traummann, der Kerl, in den du dich verknallt hast. Also wisch dir die Tränen weg, leg den Schleier vor die Augen und rein ins Getümmel!«

»Das ist nicht dein Ernst, oder?«

»Und ob! Und wenn er vor dir steht, nimmst du den Schleier ab … dann geht die Party erst richtig los. Dann siehst du, ob er wirklich ein Arsch ist oder nicht.«

Ich schaute sie skeptisch an und dachte darüber nach.

»Naja, zu verlieren habe ich ja nichts … außer meiner Würde und meinem Stolz, und …«

»Bullshit! Du hast gar nichts zu verlieren, du kannst nur gewinnen – entweder ihn oder die Wahrheit. Und wenn er wirklich so ein Kotzbrocken ist, dann fällt dir der Abschied umso leichter.«

»Liz, du solltest das Studienfach wechseln! Als Motivationscoach kannst du ein Vermögen machen«, sagte ich und gab ihr einen Kuss auf die Wange. Dann legte ich mir wieder den Schleier vor die Augen und ging erneut die vielen Stufen nach oben. Am ersten Absatz rief ich Liz zu, dass sie ja auf mich warten solle.

Oben angekommen, entdeckte ich die Einladung. Sie lag noch am Boden und ich nahm sie wieder an mich. Ich atmete drei Mal tief durch, ehe ich die Klingel betätigte.

Mein Herz schlug dabei lauter als das Läuten selbst. Was sollte ich nur sagen, wenn die falsche Einladung aufflog? Vielleicht: »Ich muss dringend zu Mr Rosenberg!«

Oder: »Ich möchte bitte zu Mr Rosenberg.«

Ich versuchte es in mehreren Stimmlagen, mal höflich, mal fordernd. »Ich will zu Mr Rosenberg, Mr Rosenberg erwartet mi…«

»Aber natürlich, folgen Sie mir!«, sagte ein Mann und mir rutschte das Herz in die Hose. Ich hatte gar nicht mitbekommen, dass die Tür geöffnet worden war.

Der Herr, der wie ein vornehmer Butler aussah, machte eine schwingende Handbewegung, und ich folgte ihm erschrocken und schweigend ins Schloss.

Peinlicher hätte es gar nicht beginnen können!

Wie blöd war ich nur! Ich hatte die Einladung noch immer in der Hand, aber niemand fragte danach. Auch nicht, als mich der Herr in den *Ballsaal* führte, wie er es nannte. »Da vorne beim Klavier steht Mr Rosenberg. Ich wünsche Ihnen einen vergnüglichen Abend«, sagte er und ließ mich alleine stehen.

Im Nu waren alle Blicke auf mich gerichtet.

Das war ja auch kein Wunder! Ich war die knallige Erdbeere zwischen lauter Weintrauben. Mein Kleid war breiter als drei Ladys zusammen und niemand war so vermummt wie ich.

Jetzt hörte auch noch der Mann am Klavier auf zu spielen. Oh Gott, was hatte ich mir nur dabei gedacht?

Im Raum herrschte eine Totenstille.

Alle Frauen musterten mich von oben bis unten.

Mein Herz sprang mir bald aus der Brust.

Es pochte so stark, dass man das Vibrieren anhand meines gepushten Busens sehen konnte. Was das Kleid unten an Stoff zu viel hatte, war leider oben zu wenig vorhanden.

Jetzt kam auch noch Veit auf mich zu …

Herr Jesus, gab es denn kein Loch, in das ich mich verkriechen konnte?

Ich versuchte zwanghaft ruhig zu atmen, wodurch meine Atmung nur intensiver wurde.

Ich schnaubte ja schon beinahe.

Meine Finger waren so zittrig, dass ich die Einladung permanent – und unbewusst – gegen mein Kleid klopfte.

Was sollte ich jetzt nur sagen? Er war gleich da!

Was nur? *Liz, hilf mir, bitte …!*

»Guten Abend, die Dame«, sagte Veit und wollte mir gerade einen Handkuss geben, als er die Einladung entdeckte. Er führte sein Vorhaben dennoch aus.

Als seine Lippen meinen Handrücken streiften, ging es mir durch und durch, und zu allem Überfluss bekam ich auch noch eine sichtbare Gänsehaut.

Und da war es wieder: sein unverkennbares Grinsen!

Mist, in meinem Bauch startete gerade eine Rakete.

Mir ging ein Prickeln durch Mark und Bein.

Immer noch grinsend nahm er die Einladung an sich und öffnete sie. (Wenn man vor Scham im Erdboden versinken könnte, wäre ich garantiert schon weg gewesen.)

»Interessante Nummer«, sagte er schelmisch und fügte hinzu: »Darf ich um einen Tanz bitten?«

Ich war mir nicht sicher, ob er mich erkannt hatte oder nicht. Bei unserem ersten Treffen am Waldrand war kaum etwas von mir zu erkennen gewesen, so scheußlich musste ich ausgesehen haben. Und letzte Woche, im Rain, war ich stark geschminkt gewesen. Heute hatte ich einen Schleier im Gesicht. Eigentlich saß ich am längeren Hebel. Vielleicht ahnte er wirklich nichts …

Langsam keimte in mir ein Fünkchen Hoffnung, gepaart mit dem Keim der Liebe. Beides zusammen war stärker als meine Unsicherheit und Furcht, und so ließ ich mich von ihm auf die Tanzfläche führen.

Der Mann am Flügel nahm seine Arbeit wieder auf und spielte einen langsamen Walzer.

Ich wusste noch um Veits Führungskünste und ließ

mich in seinen Armen über das Parkett gleiten.

Es dauerte nicht lange, bis ich mich in den Klängen verloren hatte und völlig im Tanz aufging.

Eine Melodie folgte der nächsten, nach dem Foxtrott kam der Tango, und ich hätte bis in alle Ewigkeiten mit ihm tanzen können, wären die neidischen Blicke der anderen Frauen nicht gewesen, denen ich ganz offenbar ein Dorn im Auge war.

Eine recht burschikose Dame, in einem schlichten schwarzen Kleid mit grüner venezianischer Maske – die mit Federn geschmückt war –, griff mich plötzlich am Arm und unterbrach unseren Tanz. »Darf ich mal abklatschen?«, fragte sie, dabei war es gar keine Frage, sondern eher ein Entschluss, denn sie quetschte sich rüpelhaft zwischen Veit und mich.

Da ich nicht zu dritt weitertanzen wollte, gab ich nach und verließ die Tanzfläche. Ich hatte Durst und wurde gleich bedient. Der Catering-Service war spitze. Was die Crew, abgesehen von den unzähligen Speisen, die an der Wandseite aufgebahrt waren, auch an Getränken servierte, übertraf so manches Angebot einer Bar.

Es gab eigentlich nichts, was es nicht gab.

Ich entschied mich für einen schlichten Martini und beobachtete das Geschehen von Weitem.

Die Mehrzahl der Mrs Rosenberg-Anwärterinnen tuschelte und warf mir böse Blicke zu. Hier würde ich bestimmt keine neue Freundin finden.

Ich war die Gefahr, die unerwartete Konkurrenz, und wenn sie gekonnt hätten, hätten sie mich garantiert aus dem Saal katapultiert.

Dieser Argwohn mir gegenüber steigerte sich noch, als Veit den Tanz vorzeitig abbrach und wieder zu mir kam.

Ich fühlte mich geehrt (ach Quatsch, ich war verdammt glücklich darüber) und hätte am liebsten die Maske abgenommen und ihm meine Gefühle offenbart. Stattdessen blieb ich höflich stehen und wahrte weiterhin die Contenance.

Mir war der ganze Zustand in diesem Raum suspekt, alles wirkte so surreal. Zehn verkleidete Frauen, die um ihn buhlten, ihn sogar heiraten wollten, und dabei kannten sie ihn überhaupt nicht.

Jedenfalls kannte ihn Mathilda kaum, und bei den anderen Frauen würde es nicht viel anders sein.

Ich hatte so viele Fragen an Veit, musste aber aufpassen, dass er mich nicht an der Stimme erkannte, denn meine Tarnung war mein Schutz.

Ich räusperte mich und versuchte viel tiefer zu sprechen als gewöhnlich. »Da möchten Sie also tatsächlich demnächst heiraten«, begann ich sacht, denn dieses Thema brannte in meinem Herz.

Veit nickte. »Demnächst ist sehr gelinde ausgedrückt«, begann er und blickte auf die Uhr. »Morgen um diese Zeit bin ich schon einige Stunden im Hafen der Ehe angekommen.«

Toll! Das war nicht die Antwort, die ich mir erhofft hatte. »Wer weiß … oft kommt es anders, als man denkt«, warf ich mit tiefer Stimme ein, aber Veit schüttelte vehement seinen Kopf. »Bei mir nicht, ich muss morgen heiraten.«

»MUSS?«, wiederholte ich piepsig und räusperte mich

sofort.

Und wieder nickte er. »Ja, leider muss ich. Das Schloss, einige Kasinos, viele andere Immobilien, Autos, Aktien und ein horrendes Barvermögen hängen von der Heirat ab.«

Dummerweise sah er meinen misstrauischen Blick nicht. »Bitte? Ich verstehe nicht recht.«

»Meine Eltern haben es zu Einigem gebracht. Ich bin ihr einziges Kind. Die beiden sind sehr konservativ und leider auch schon etwas älter. Mein Vater wird morgen fünfundsiebzig Jahre alt. Jedenfalls bin ich irgendwann der Alleinerbe, und mein Vater verlangt von mir, dass ich Verantwortung übernehme und eine Familie gründe.«

»Und deswegen willst du morgen eine wildfremde Frau heiraten?« flossen die Worte unkontrolliert aus mir, und plötzlich schaute mich Veit ganz irritiert an. »Kennen wir uns?«, fragte er vorsichtig.

»Lenken Sie bitte nicht ab, und entschuldigen Sie meinen Wortfluss. Ich habe es nur leider immer noch nicht verstanden«, sagte ich streng und ziemlich tief und hatte hoffentlich nochmal die Kurve gekriegt.

»Mein Vater hat mir von Kindesbeinen an gesagt, dass er das Unternehmen verschenkt, wenn ich bis zu seinem fünfundsiebzigsten Geburtstag nicht verheiratet bin. Früher dachte ich, es sei ein Witz. Aber es war keiner. Mein Vater ist ein Mann der Tat, und er hält sein Wort. Nun sitze ich in der Klemme«, erzählte er mir und wirkte dabei ziemlich bedrückt.

»Also wollen Sie in Wirklichkeit gar nicht heiraten?«, flüsterte ich hoffnungsvoll und er sah mich an.

Veit versuchte offenbar, etwas durch den Schleier zu erkennen, gab aber auf und schüttelte traurig seinen Kopf. »Nein, ich will nicht heiraten, zumindest noch nicht. Ich bin sechsundzwanzig Jahre alt und habe eigentlich andere Pläne.«

Ich wollte gerade weiter nachhaken, als Mathilda zu uns stieß. Sofort schlug mein Herz einen Takt schneller. Aber meine Angst davor, dass sie mich erkennen könnte, war unbegründet.

»Veit, wir vermissen dich, du machst dich rar! Hier ist nicht nur eine Frau, auch wenn ihr übermäßig altmodisches Kleid deinen Blick auf uns stört. Aber wir sind alle noch da und möchten unseren Vielleicht-Ehemann besser kennenlernen.«

Herrje … dieses Geschwafel!

Und jetzt griff sie auch noch nach seiner Hand und versuchte ihn mit sich zu ziehen. Am liebsten hätte ich ihr eine geknallt. Stattdessen verstellte ich meine Stimme, so gut ich konnte. »Ist Ihnen entgangen, dass wir uns unterhalten? Als zukünftige Mrs Rosenberg sollten Sie die Etikette zu wahren wissen«, wies ich sie zurecht.

Ihre Augen funkelten mich böse an. Nur gut, dass ich den Schleier trug. Zu meiner Freude stimmte mir Veit sogar zu und rief jemanden von seinen Leibwächtern.

Der Typ war fast zwei Meter groß, hatte stoppelkurze blonde Haare und keinen Hals. Jedenfalls saß sein massiger Kopf gleich auf den Schultern.

»Eric, geleite doch bitte alle Damen in das Hinterzimmer. Du weißt, wie der heutige Plan aussieht, du hast ihn ja selbst entworfen. Ich komme gleich nach«, sagte er in einer Art und Weise, die ich nicht verstand.

Als Eric mich einhaken wollte, griff Veit ein. »Sie nicht, sie bleibt noch bei mir.«

Kapitel 10

Ich verstand nicht recht. »Welcher Plan?«

»Ach, meine Bodyguards haben einen angeblich perfekten Ablauf ausgearbeitet, mit dem ich die passende Frau aus Hunderten finden kann«, erzählte er und ich wollte mehr wissen. »Wie sieht der Ablauf aus?«

»Der erste Abend war ganz klassisch angelegt, und meine drei Männer suchten einhundert passende Damen aus, die letzte Woche zur Poolparty geladen waren.«

»Sie suchten die Frauen aus? Deine Bodyguards?«, fragte ich geschockt und duzte ihn schon wieder.

»Ja, mir wäre das zu anstrengend gewesen. Es waren ja wirklich viele Frauen gekommen, da verliert man leicht den Überblick. Am ersten Abend war es mehr eine Art Auslese. Es wurden die aussortiert, die gar nicht in Betracht kamen. Einhundert blieben übrig und die kamen letzte Woche zur Poolparty. Meine Männer sind der Meinung, ich solle nicht die Katze im Sack kaufen, deshalb die Bikini-Session. Eric, den du eben kurz kennengelernt hast, entschied sich für zehn Kandidatinnen, die heute alle hier sind. Aber nun zu dir, wer bist du? Ich meine, Nummer Null?«, fragte er mit einem schiefen Grinsen, ehe er weitersprach. »Ich denke nicht, dass es eine Einladung mit einer solchen Nummer gab. Außerdem müsstest du dann wissen, weshalb ich gezwungenermaßen eine Frau suche.«

Ich schaute betreten weg.

Mir fiel auf die Schnelle keine passende Antwort ein und ich wurde nervös.

Zum Glück formulierte Veit die Frage um. »Warst du bei der Poolparty auch dabei, und hast du es nicht in die letzte Runde geschafft? Es kann ja sein, dass du unbedingt im Rennen bleiben wolltest, und deshalb mit dieser interessanten Einladung gekommen bist.«

»Und wenn es so wäre?«

Er sah mich lange an.

Seine Augen wanderten meine blanken Arme hinab, bis zu meiner Taille und auf der anderen Seite wieder empor. »Wenn es so wäre, hielte ich es für eine gute Idee. Es wäre mutig und zielstrebig. Das gefällt mir. Ich hätte dich auf jeden Fall in die Endrunde gelassen und verstehe nicht, wie Eric dich ausscheiden lassen konnte.«

In mir spielte alles verrückt. Diese Informationen waren so absurd. Seine Bodyguards suchten die Frauen für ihn aus. Hatte er denn gar keine eigene Meinung?

Wer sollte denn die *Gewinnerin* heiraten?

Er oder seine Bodyguards?

»Wollen Sie wirklich eine Wildfremde heiraten, nur wegen des Geldes?«

»Es ist nicht *nur* das Geld. Es steht viel mehr auf dem Spiel. Und nein, natürlich will ich keine Wildfremde heiraten, aber ich habe keine Wahl. Außerdem obliegt es mir, die Letzte auszuwählen.«

»Wow, das ist ja toll! Ich dachte schon, Sie bekommen

eine vorgesetzt. Auch so, mit Maske, und allem Drum und Dran, die Sie dann erst beim Hochzeitskuss sehen – als *Überraschungseffekt.*«

»Sie sind ganz schön keck, junge Dame!«

Ich achtete gar nicht drauf, sondern sprach mit der tiefen Stimmlage, die ich inzwischen verinnerlicht hatte, weiter. »Gibt es denn keine Frau, die Sie lieben? Für die Sie annähernd etwas empfinden? Mit der Sie sich eine Partnerschaft vorstellen können?«

Veit überlegte nicht lange. »Oh ja, die gibt es schon. Ana! Nur-Ana … Sie würde ich sofort heiraten. Aber ich weiß leider nicht, wo ich sie finden kann, und die Zeit rast.«

Nicht nur die Zeit raste, mein Herz raste noch viel schneller!

Meinte er tatsächlich *mich*?

Mir schossen Tränen in die Augen, und ich musste aufpassen, nicht zu schniefen. Der Drang, mir den Tüll abzureißen und zu schreien *›Hier bin ich‹* …, war sehr stark. Aber ich wollte noch mehr wissen. Ich hatte tausend Fragen. In meinen Kopf drehte sich alles und mein Bauch hatte sich in ein Karussell verwandelt.

»Diese Ana … warum versuchen Sie nicht, sie zu finden, wenn sie Ihnen etwas bedeutet?«

»Wir leben hier in Las Vegas. Die Stadt hat über eine halbe Million Einwohner. Wie soll ich da eine bestimmte Frau finden, von der ich nicht weiß, wo sie lebt und nicht mal ihren vollständigen Namen kenne?«

»Wenn man etwas will, findet man Wege. Wenn man etwas nicht will, findet man Gründe«, zitierte ich Liz und er lachte schmerzhaft.

»Wäre es nur so leicht, dann wäre ich jetzt nicht hier.«

»Lieben Sie sie, diese Ana …?«

(Ich musste das erneut fragen, ich wollte es wieder und wieder hören und bekam nicht genug davon.)

»Ja! Es ist absurd, wir kennen uns kaum, und doch hat sie ein Feuer in mir entfacht, wie ich es noch nie gespürt habe. Wir hatten nur ein paar gemeinsame Stunden, die für mich bedeutender waren als alles Vorherige. Es ist verrückt und ich habe nie an Liebe auf den ersten Blick geglaubt – okay, es war auch nicht Liebe auf den ersten Blick, ich musste schon zweimal hinschauen –, und doch ist sie die Frau, nach der ich mich sehne, die Frau, die ich gerne heiraten würde. Du erinnerst mich sehr stark an sie. Als ich mit dir tanzte, war es, als ob ich sie in meinen Armen halten würde«, erzählte er in Gedanken versunken und mir wurde warm ums Herz.

Entschlossen griff ich an mein Diadem und löste die linke Seite des Schleiers.

Ich wollte mich zeigen, ihm zeigen, dass ich da bin – ihn spüren lassen, dass auch er mir viel bedeutete und ich ihn nicht kampflos einer anderen überließ.

Ich hatte den Tüll schon über mein linkes Ohr gezogen, als Eric zu uns stieß.

»Veit, spute dich, es geht weiter! Die Ladys werden langsam nervös. Du kannst hier nicht nur mit einer Frau herumstehen, während hinten zehn weitere Frauen auf dich warten. Und wo wir einmal dabei sind, wieso sind es jetzt eigentlich elf Frauen?«, wollte er wissen und sah interessiert von mir zu Veit und wieder zurück.

Ohne auf die Frage einzugehen, antwortete Veit: »Am besten, wir blasen die letzte Runde ab! Das ist sowieso eine Schnapsidee gewesen.«

Eric guckte ganz entsetzt und ein weiterer Muskelprotz stieß zu uns. Der Typ war noch größer als Eric. Er sah aus, als wäre er als Kind in den Zaubertrank von Asterix gefallen. Sein längeres, dunkles Haar hing strähnig über seinen Schultern und sah feucht aus. Entweder hatte er es absichtlich nass gemacht, oder es war glitschig von irgendwelchen Wet-Gels. »Wie war das? Abblasen? Aber das kannst du doch nicht machen!«, mischte sich der Typ ein, der ganz offenbar Mat hieß.

Ich lauschte gespannt dem Gespräch und fummelte nervös den Tüll wieder in die Spange.

»Es war eure Idee, und ich habe noch nie viel davon gehalten«, verteidigte Veit seinen Standpunkt.

»Das ist nicht fair! Wir warten seit Tagen darauf. Du wirst uns doch so kurz vor dem Ziel den Spaß nicht verderben wollen, oder?«, setzte Mat fordernd nach und der Typ gefiel mir immer weniger.

»Für euch ist es ein Spaß … Ich muss eine von denen heiraten.«

»Ja, eben drum! Nur so siehst du, was dich erwartet! Welche von den Grazien möchtest du denn ungesehen nehmen? Die nächste Runde gewährt dir den besten Einblick, denn viel Zeit bleibt dir nicht mehr. Morgen früh um zehn Uhr soll die Trauung stattfinden. Das sind weniger als neun Stunden«, machte Eric Druck, und Mat mischte sich wieder ein. »Jetzt gib dir einen Ruck und schau doch erstmal, was passiert!«

»Ehrlich gesagt, finde ich euren Vorschlag inzwischen richtig doof. Am besten, ich warte hier«, sagte Veit bedrückt.

»Wenn sie dich nicht sehen, werden sie sich kaum darauf einlassen. Komm wenigstens mit und setz dich an die Seite«, sagte Eric und klopfte Veit aufmunternd auf die Schulter. »Ja, lass uns nur machen. Ich finde die Nummer geil und bin gespannt, was passiert«, gab wieder Mat seinen Senf dazu.

Notgedrungen ging Veit mit seinen Leibwächtern nach hinten, wo ein dunkler Raum angrenzte. Sie waren noch nicht durch die Tür gegangen, als Eric sich umdrehte.

»Was wird aus der?«, fragte er und deutete auf mich.

Mein Herz machte in diesem Moment einen Purzelbaum.

»Sie kommt mit!«, sagte Veit und reichte mir aus gut fünf Metern Entfernung die Hand.

Ich haderte mit mir und hatte ein ungutes Gefühl.

Aus Sekunden wurden Minuten – quälende Minuten, und ich blickte nervös auf Veits Hand, die immer noch ausgestreckt darauf wartete, dass ich nach ihr griff.

Schließlich gab ich nach und ging zu ihm.

Gemeinsam betraten wir das Zimmer, wo zehn maskierte Frauen auf ihn warteten.

Der Raum war stark abgedunkelt, alle Jalousien geschlossen. An der Decke strahlten nur einige kleine LED Lämpchen, die gerade genug Licht spendeten, um etwas zu erkennen. Veit ließ meine Hand los und folgte seinen Leibwächtern, während ich mich an die Seite stahl.

Plötzlich wurden Scheinwerfer angeworfen.

Ich erschrak bei dem klackenden Geräusch. Ihr grelles Licht wurde mittig auf eine Art Laufsteg gerichtet, der auf eine kleine Bühne führte.

Erst bei genauerem Hinsehen erkannte ich, dass der *Laufsteg* nur ein roter Teppich war, der am Boden lag und durch Absperrungen hervorgehoben wurde. Links und rechts vom Teppich waren kleine Zaunelemente positioniert, die durch goldene Ketten verbunden waren.

Und dieser Catwalk, was es ganz offensichtlich sein sollte, führte auf eine kleine Bühne, die von bunten Lichtern angestrahlt wurde und auf der sich mittlerweile Mat eingefunden hatte.

Er zurrte an einem Mikrofon herum und schlug leicht darauf, sodass ein monotones tiefes Klopfen den Raum erhellte.

Die Frauen standen alle an der kleinen Bar und beobachteten neugierig das Geschehen.

Ich hatte mich an die Fensterfront verkrümelt und stand den zehn Damen gegenüber. Uns trennte der Laufsteg. Aber im Augenblick interessierte sich keine von ihnen mehr für mich. Ihr Blick galt einzig Mat, der soeben zu sprechen begann.

»*LADYS … Hiermit heiße ich euch alle zur letzten Runde im Spiel ›Wer gewinnt den Ring‹ willkommen. Obwohl es ja gar kein Spiel ist! Nein – es geht um diesen Herrn da drüben, ganz recht – Veit, kannst du dich mal kurz zeigen?*«, forderte Mat, und Veit quälte sich aus seinem Versteck.

Er hatte es sich neben der Bühne, in einem abgedunkelten Teil, in einer Art Regiestuhl gemütlich gemacht, von wo aus er den ganzen Raum beobachten konnte.

Jetzt stand er auf und winkte den Frauen kurz zu.

»Und der Ring ist kein gewöhnlicher Ring, sondern ein EHERING! Ja, ganz genau, ein EHERING! Wo gibt es denn so etwas?«, schrie Mat euphorisch ins Mikrofon, als wäre er der Moderator einer Gameshow. Die Frauen jubelten auch noch – ich konnte es nicht fassen!

»Wer von euch möchte den schönen, den smarten, den reichen und unvergleichlichen Veit Rosenberg heiraten?«, rief Mat, und natürlich schnellten alle Arme in die Höhe. Sie schrien um die Wette: »Ich – Ich – Ich – Ich …«

Nur ich sagte keinen Ton. Mir war die ganze Inszenierung zu blöd.

»Aber so einen Mann bekommt man nicht für lau, Ladys! Man muss auch etwas dafür tun. Beziehungsweise müsst IHR IHN von euren Qualitäten überzeugen! Und dafür biete ich euch jetzt diesen CATWALK und diese BÜHNE!«, schrie er, und wieder kreischten die Frauen. Ich kam mir vor wie bei einem Konzert von *›One Direction‹* und fühlte mich unglaublich fehl am Platz.

Was hatte ich hier überhaupt verloren?

Da hinten in dem Stuhl saß mein Traummann.

Ja, ich hatte mich in diesen arroganten Schnösel verliebt. Ob mit oder ohne Schloss (ohne wäre mir sogar lieber). Ich wollte so gerne zu ihm – ihm zeigen, dass ich *hier* war! Doch in diesem Raum trennten uns Welten, und Mat fuhr mit seiner Show fort.

»Euch ist bewusst, dass es um eine HOCHZEIT geht? Schon morgen früh wird eine von Euch die neue Mrs Rosenberg sein.«

Halleluja, ich dachte, ich bräuchte Ohrstöpsel! Wie konnten erwachsene Frauen sich nur so affig benehmen?

»Und nun zum wichtigen Teil, Ladys. Mal ganz ehrlich: Welcher Mann will schon die Katze im Sack kaufen? Einige von euch werden sagen, dass wir letzte Woche die Poolparty hatten … Ja – die hatten wir! Aber reicht das für eine Hochzeit?«, fragte er ganz ernst und legte nach. *»Ihr wisst, was ihr bekommt. Einen Millionär! Einen stinkreichen, jungen, gutaussehenden Mann, der euch ein sorgenfreies Leben schenken wird. Ihr werdet in einem Schloss wohnen und eure größte Sorge wird sein: Welches meiner vielen Autos fahre ich heute? Ist man nicht bereit, dafür ALLES zu tun?«*

Der Typ sollte Verkäufer werden! Er würde jedem Homeshopping-Kanal Rekordsummen bescheren.

»Ladys, ich sage euch: Ergreift die Chance eures Lebens! Einige von euch wird die folgende Runde schockieren – und zugegeben, sie ist gewagt. Aber wie heißt es so schön: Wer nicht wagt, der nicht gewinnt! Deshalb lege ich euch an eure schönen Herzen, traut euch! Macht mit! Und gebt so kurz vor dem Ziel nicht auf, denn nur eine kann Mrs Rosenberg werden, und die ist hier unter euch. Also, wer hat den Mut, alles für diesen Traummann zu geben?«

Und wieder schnellten alle Arme in die Höhe, bis auf meinen. Ich blieb starr stehen.

Ich schaute zu Veit …

Er sah im selben Moment zu mir.

Hatte er darauf gewartet, dass ich mich auch meldete?

Dachte er jetzt womöglich, ich hätte kein Interesse an ihm? War es vielleicht doch falsch gewesen, meinen Arm unten zu lassen?

Ich konnte nicht weiter darüber nachdenken, denn Mat unterbrach meine Gedanken durch seine tiefe grölende Stimme, die aus sämtlichen Lautsprechern drang.

»Die eine, die neue, die schöne und unglaublich starke, zukünftige Mrs Rosenberg, wird jetzt ALLE Hüllen fallen lassen und diesen Laufsteg nutzen, um Veit von sich zu überzeugen! Alles ist erlaubt, nichts muss – aber nur, wer sich, wie Gott ihn schuf, auf diesem Parcours präsentiert, hat die Chance auf die Traumhochzeit!«, machte Mat deutlich, und ich glaubte, nicht richtig zu hören.

Nackt? Hier? Vor allen?

Kapitel 11

Plötzlich stagnierte der Jubel unter den Frauen. Ich sah keine Arme in die Höhe schießen, hörte keine Lobeshymnen und kein Gekreische mehr. Es wurde getuschelt und einige nahmen sogar ihre Masken ab.

»Jetzt schaut nicht so schockiert, Ladys! Es ist der Güte von Veit – eurem ›Vielleicht-Ehemann‹ zu verdanken, dass Ihr DAS nicht völlig splitternackt tun müsst. Denn er erlaubt euch die Maske! Ja, genau – ihr dürft die Masken aufbehalten und habt dadurch einen unglaublichen Schutz! Wenn es nach mir gegangen wäre, müsstet ihr die auch noch ablegen. Aber Veit ist durch und durch ein Gentleman, nicht wahr, Veit?«, rief Mat laut, und so wie ich erkennen konnte, versank Veit gerade vor Scham in seinem Regiestuhl.

Ihm war das Ganze wohl eher unangenehm.

Jetzt betrat plötzlich Eric die Bühne und griff sich das Mikrofon. »Also, das Ganze beginnt folgendermaßen: Diejenigen, die noch mitmachen wollen, gehen bitte zu Rafael – das ist der muskulöse Glatzkopf, der vor dem Laufsteg wartet«, sagte Eric und Rafael lachte.

(Ich vermutete jedenfalls, dass es Rafael war. Er stand an der Absperrung zum roten Teppich und hatte eine erstaunliche Ähnlichkeit mit Meister Proper.)

»Ihr werdet euch ausziehen und der Reihe nach laufen, also eine nach der anderen! Und zwar einmal den Catwalk bis zur Bühne und wieder zurück zu Rafael, der währenddessen eure Garderobe hält. Es sind ein paar kleine Tücken eingebaut, so wie der Tisch in der Mitte. Über ihn müsst ihr klettern. Danach folgte eine Kiste, über die ihr springt, und ziemlich zum Schluss seht ihr eine Limbo-Stange, die sehr niedrig hängt. Nein, ihr braucht keinen Limbo-Dance zu machen. Es reicht, wenn ihr euch bückt und durchkriecht. Wie ihr es macht, ist egal, das bleibt jeder von euch selbst überlassen, aber ihr müsst drunter durch. Eure Kreativität dürft ihr gerne auf dem Parcours ausleben. Ihr lauft also einmal zur Bühne, wieder zurück, überwindet dabei den Tisch, die Kiste und die Stange. Dann nehmt ihr die Kleidung wieder an euch, die Rafael gehalten hat. Ihr zieht sie aber noch nicht an! Sondern lauft damit wieder zur Bühne, stellt euch hier oben präsentierend hin und legt die Klamotten vor euch auf den Boden. Dann erst ist die nächste dran … Das macht ihr solange, bis die letzte Kandidatin nackt hier oben neben Mat und mir steht. Habt ihr soweit alles verstanden?«, wollte Eric wissen.

Ganz zaghaft meldete sich die Frau, die den türkisfarbenen Jumpsuit trug. »Äh … Muss man mitmachen?«

»Wenn du gewinnen willst, schon!«, sagte Eric.

Jetzt meldete sich die Dame, die sich beim Tanzen so rüpelhaft zwischen Veit und mich geschoben hatte. »Kann man auch mit Kleidung über den Catwalk gehen?«, wollte sie wissen und bei Eric zeigte sich eine tiefe Zornesfalte über seiner Nasenregion.

»Spreche ich etwa undeutlich? Nein, natürlich nicht! Also nochmal für alle: Ausziehen ist ein Muss, um über den Catwalk zu laufen. Wenn ihr mitmacht, dann klettert, krabbelt, springt, bückt euch und zeigt, was ihr habt! Ihr habt genau zwei Minuten Zeit, es euch zu überlegen. Die, die mitmachen wollen, gehen jetzt zu Rafael, alle anderen können von mir aus verschwinden …«

Mat, der feuchte-Haare-Mann, schaute leicht irritiert und nahm nochmals das Mikrofon an sich. *»Also Ladys, jetzt gilt es: Hopp oder Top! Es soll doch nicht umsonst gewesen sein, oder? Ihr seid die letzten zehn von über fünfhundert! Ja, von fünfhundert! Darauf könnt ihr verdammt stolz sein! So kurz vor dem Ziel gibt man doch nicht auf! Nicht wegen ein bisschen nackter Haut. Wie viele von euch haben sich schon oben ohne gesonnt? Oder gehen regelmäßig in die Sauna? … Na, fällt euch etwas auf? Es ist doch nichts dabei, sich nackt zu zeigen – außerdem bleibt es doch unter uns – und ihr habt die Masken auf. Also keine falsche Scham, Ladys! Nur Mut, und zeigt Veit, was morgen Abend auf ihn wartet!«*, redete er den Frauen gut zu und versuchte so zu retten, was noch zu retten war, denn fast alle Frauen waren schockiert – und mir ging es nicht anders!

Ich rutschte immer näher an die Fensterfront.

Hinter mir bemerkte ich plötzlich einen langen Vorhang. Ich griff danach und versteckte mich seitlich unter dem schweren Stoff.

Egal, um wen es hier ging: Niemals würde ich so einen Irrsinn mitmachen, für keinen Veit der Welt!

Aber ich war auch zu erschrocken, um zu verschwinden. Ich konnte mich vor lauter Schreck ja kaum rühren.

Ich nahm aus meinem Versteck heraus wahr, dass zwei

Frauen gingen. Die burschikose Dame und eine kleine zierliche Frau, die ihre Maske runterriss und wütend aus dem Zimmer stürmte. Aber acht Frauen blieben, was mich noch mehr schockierte.

Allerdings gingen nur sechs von ihnen zu Rafael, der breit grinsend Eric zurief: »Wer soll denn anfangen?«

»Mir egal. Hauptsache, es geht endlich los«, schrie er ohne Mikrofon von der Bühne, während Mat sich an einem kleinen DJ-Pult im Hintergrund versuchte.

Es erklang der Song: ›*Feel this Moment*‹ von Pitbull.

Mein Gott, war das alles skurril!

Ich versank fast vor Scham im Boden, als tatsächlich eine Frau begann, sich auszuziehen. Ihr schwarzes Minikleid fiel zu Boden. Sie rückte sich die Maske gerade, entfernte ihren BH und schlüpfte hektisch aus ihrem Slip. In Rekordgeschwindigkeit lief sie über den roten Teppich. Ihre Schritte in den High Heels (die sie angelassen hatte) waren stimmig zu den schnellen Rhythmen der Musik, die ihre Gangart unterstützten. Ich hörte: ›*Oh-oh-oh-oh, i just wanna feel this moment*‹ und sah dabei ihre nackten Brüste wippen. Sie setze sich auf den Tisch und zog die Beine schwungvoll rüber, dann hüpfte sie über die Kiste, wobei ihre Maske beinahe verrutschte.

Als sie sich auf alle Vicre begab, um unter der niedrigen Stange durchzukriechen, musste ich mich unweigerlich wegdrehen. Es war mir zu peinlich.

Mir reichte Rafaels Grinsen, der ihr von hinten direkt zwischen die Beine blicken konnte.

War das übel!

Und über ihren Rückweg freuten sich Eric und Mat noch mehr. Die zwei standen auf der Bühne und strahlten um die Wette.

Ich sah nur noch aus den Augenwinkeln, dass die Frau wieder zu Rafael ging, ihr Kleid und die Unterwäsche an sich nahm und mit den Sachen in der Hand erneut über den Teppich – an den Schikanen vorbei – zur Bühne lief. Dort stellte sie sich neben Mat, der sie freudig in Empfang nahm.

Das fette Grinsen von Eric und Mat erzeugte bei mir einen Würgereiz. Ich mochte die Typen nicht!

Inzwischen hatte sich auch schon die nächste Frau startklar gemacht. Ich hatte gar nicht mitbekommen, wer sie war. Ihr Gesicht zierte eine große pinkfarbene Maske, die ringsherum mit Federn geschmückt war. Ihre Attribute waren ohne Zweifel die riesigen Silikonbrüste, bei denen der Doktor ganze Arbeit geleistet hatte. Die wippten noch nicht einmal, als sie über die Kiste sprang. Die Dinger saßen wie Beton, und ich verdrehte die Augen.

Wo war ich hier nur gelandet?

In einem schlechten Film?

Oder träumte ich diesen Irrsinn?

Jetzt erklang auch wieder der passende Refrain: ›*One day when the light is glowing, i'll be in my castle golden, but until the gates are open, i just wanna feel this moment, oh …*‹

Oh Gott, war das gestört!

Ich hing hier hinter einer Gardine fest und Nummer Drei zog sich bereits aus. Dabei fiel mein schockierter Blick auf Mathilda, die auch bei den Frauen stand.

Sie hatte die Perlen im Nacken des Kleides gelöst und

versuchte sich nun das Klebeband vom Oberkörper zu reißen! Hinten hatte es Maria wohl teilweise abgeschnitten, aber ihre Brüste waren damit übersät! Sie rupfte und ratschte, was das Zeug hielt.

Qualvoll verzog ich mein Gesicht.

Die musste doch total irre sein! Ich wollte das auf keinen Fall mit ansehen. Aber jetzt startete erst einmal Dame Nummer Drei.

Mat hatte währenddessen einen neuen Song aufgelegt. Es erklang ›Diamonds‹ von Rihanna. Wie passend!

Wenigstens war die Songauswahl gut.

Ich blieb hinter meinem Vorhang und spähte nur hin und wieder zu Mathilda, die immer noch an sich herumzupfte. Selbst als Nummer Vier schon auf dem Laufsteg war, sah ich noch braunes Klebeband an den Brüsten meiner Stiefschwester kleben.

Nummer Vier war übrigens die Lady im Jumpsuit, den Rafael jetzt hielt.

Also hatte sie sich auch überzeugen lassen. Sie war eine große und sehr schlanke Frau, wobei von einer Frau bei ihr nicht viel zu sehen war. Ihr fehlten die weiblichen Rundungen. Sie war sehr flach gebaut und wirkte eher maskulin. Das einzige, was bei ihr herausstach, waren ihre Knochen in der Beckengegend und ihre ellenlange Beine.

Meine Güte, und ich beobachtete das auch noch. Es war wie bei einem Unfall. Ich wollte gar nicht hinsehen, aber ehe ich es bemerkte, schaute ich doch.

Ach, herrje … jetzt war Mathilda dran.

Mir wurde schlecht.

Mein Fremdschämen nahm eine neue Dimension an.

Das Klebeband hatte deutliche Abdrücke auf ihr hinterlassen, die wirklich nicht schön waren.

Und selbst unter der Maske, die sie zittrig vor ihr Gesicht hielt, konnte ich ihre hochroten Wangen erkennen. Ich schüttelte nur noch den Kopf und kroch tiefer hinter meinen Vorhang.

Während des Parcours kam ihr leider die Maske in die Quere. Auf dem Tisch und auch unter der Stange konnte sie sich das grazile Teil nicht vor das Gesicht halten, und sie präsentierte sich vollkommen ungeschützt.

Wenn ich recht sah, hatte sie Tränen in den Augen.

Verdammt, warum machte sie diesen Schwachsinn nur mit?

Auf der Bühne standen bereits vier splitternackte Frauen. Ich kam mir wie in einer Peepshow vor, obwohl selbst da mehr verdeckt wurde.

Die Bühne und auch der Catwalk wurden von den Scheinwerfern ganz gezielt angestrahlt, wodurch die nackten Körper der Frauen noch mehr ins Auge stachen. Der Tisch, die Kiste und die Stange hatten so ihre Tücken, wie die nächste Kandidatin schmerzhaft erfahren musste.

War denn nicht bald Schluss?

Die kleine blonde Frau mit der schwarzen Damenbinde um die Augen – die eine Maske darstellen sollte – war Nummer Sechs.

Sie trug ein knallrotes Minikleid und schwarze lange und sehr hohe Lederstiefel dazu. Die Stiefel waren geschnürt und reichten ihr über die Knie.

Kein Wunder, dass sie sie anließ.

Sie zog nur das Kleid und ihren Slip aus.

Auf einen BH hatte sie offenbar verzichtet.

Während Mat einen neuen Song einspielte (*Sexy and I know it*), legte sie los. Irgendwie schien es ihr sogar Spaß zu machen und ihr peppiger Auftritt passte zu dem Song. Sie war klein, sehr weiblich und hübsch. Wild und mutig dazu!

Anfangs beobachtete ich sie sogar mit Hochachtung, bis sie über die Kiste springen wollte und stürzte, was garantiert an ihren hohen Stiefel lag. Aber sie rappelte sich wieder auf und lief weiter.

Während die anderen unter der Stange durchgekrochen waren, versuchte sie es tatsächlich mit Limbo und bog sich so weit zurück, dass sie abermals umfiel.

Ich konnte das nicht mehr länger mit ansehen und fummelte hinter mir an den Fenstergriffen herum. Ich wollte nur noch eins: raus hier!

Ich war nie in einer peinlicheren Situation gewesen als in dieser, obwohl es mich am wenigsten betraf.

Als ich es tatsächlich geschafft hatte, einen Fensterflügel zu öffnen, gingen plötzlich alle Lichter im Raum an, und der Song von Europe *›Final Countdown‹* ertönte.

Erschrocken drehte ich mich um und presste mit meinem voluminösen Hinterteil das Fenster wieder zu.

Auf der Bühne standen sechs nackte Frauen, die lediglich ihre Masken und Schuhe trugen. Links und rechts von ihnen hatten sich Eric und Mat positioniert, der schon wieder das Mikrofon in der Hand hielt.

Der Raum war hell erleuchtet, und ich konnte Veit erkennen, der gleich neben der Bühne in einem Stuhl saß und den Kopf gesenkt hielt.

Ich glaubte, er wäre auch am liebsten mit mir durch das Fenster verschwunden.

Nur zwei Frauen standen noch angezogen neben Rafael. Sie weigerten sich. Gut so, Ladys!, dachte ich mir.

Als der Song allmählich verklang, hatte Mats Stunde wieder geschlagen. (Meiner Meinung nach war er völlig unbrauchbar als Bodyguard, auch wenn seine Ausmaße ihn dazu prädestinierten. Showmaster schien allerdings seine wahre Berufung zu sein.)

»Ladys, Ladys, Ladys … WOW! Was soll ich sagen außer: WOW! Das war wundervoll, ihr seid wundervoll! Und wenn ich jetzt die Wahl hätte, würde ich euch alle sechs nehmen! Ihr habt das wirklich ganz prima gemacht«, lobte er in den höchsten Tönen und klatschte dabei in die Hände.

Eric stand schweigend und lächelnd an der anderen Seite, und wenn ich mich nicht täuschte, tätschelte er gerade den nackten Hintern der kleinen Frau mit den hohen Stiefeln.

»Nun ist es gleich soweit, Ladys! Die Spannung ist fühlbar, ich jedenfalls kann sie spüren. Hier irgendwo neben mir steht die neue Mrs Rosenberg«, schrie er und fügte in einem normaleren Tonfall hinzu: *»Veit, würdest du bitte zu uns kommen?«*

Ich möchte behaupten, dass ich Veit schon ein wenig kannte. Er tat sich sehr schwer, als er aufstand. Ich war mir eine Zeitlang nicht sicher, ob er zu Mat auf die Bühne gehen oder einfach verschwinden würd.

Aber er war ein verantwortungsbewusster Mann und trat verlegen auf die Bühne.

»Veit – Wie hat dir die Show gefallen? Sind sie nicht allerliebst,

die Damen? Eine schöner als die andere. Also, ich an deiner Stelle wäre jetzt in der Zwickmühle«, sagte Mat überschwänglich und legte seinen Arm um Mathilda, die genau neben ihm stand.

»Konntest du dich für eine Frau entscheiden, oder sollen wir bei der Entscheidung noch etwas nachhelfen?«, fragte Mat zweideutig, und er kniff meiner Stiefschwester tatsächlich in die Brustwarze! Sie ließ es sich auch noch gefallen!

Ich musste an mich halten, um nicht auf die Bühne zu stürmen und diesem Möchtegern-David-Letterman eine Ohrfeige zu geben, die sich gewaschen hatte.

Hatte er denn komplett den Verstand verloren?

Wütend kam ich hinter meiner Gardine hervor.

Jetzt griff Veit zum Mikrofon, und ich blieb abrupt stehen. Als ich seine warme Stimme hörte, ging es mir sofort durch und durch.

»Ich habe meine Auserwählte entdeckt. Es sind also keine weiteren Entscheidungshilfen vonnöten«, sagte er klar und deutlich, und die Gesichter seiner Bodyguards verwandelten sich in enttäuschte Mienen. Die drei hätten die Damen offenbar gerne weiter *getestet*, wobei mir bei dem Gedanken daran die Galle hochkam.

»Wie schön, dass du deine Traumfrau gefunden hast. Nun sind wir aber alle ganz gespannt darauf, zu erfahren, wer sie ist!«, sagte Mat ins Mikro, das Veit noch in der Hand hielt, und Mats Freude wirkte diesmal gestellt.

»Bevor ich verkünde, wer es ist, möchte ich, dass sich die Damen erst einmal wieder bekleiden. Anschließend bitte ich alle, wirklich alle Frauen, die sich hier im Raum befinden, zu mir auf die Bühne«, sagte Veit ganz ruhig und zog sich dezent in den Hintergrund zurück.

Ich war überrascht und auch ein klein wenig beeindruckt von seinen Worten.

Während die zwei Frauen, die neben Rafael stehengeblieben waren und diesen Spießrutenlauf nicht mitgemacht hatten, umgehend freudig auf die Bühne rannten und ihre Chance witterten, zogen sich die sechs anderen wieder an.

Ich hatte zwar so viel mitbekommen, dass alle Frauen auf die Bühne kommen sollten, aber irgendwie zählte ich mich nicht dazu. Zumindest hatte ich mich nicht angesprochen gefühlt.

Also blieb ich starr vor dem Fenster stehen, ich passte auch gut zu dem Vorhang. Jetzt im Licht erkannte ich, dass er weinrot und samtig war. Mein Kleid und der Vorhang harmonierten gut.

Von meinem Stammplatz aus konnte ich sehen, wie sich Mat wieder am DJ-Pult zu schaffen machte, während Veit erneut zum Mikro griff.

Die Frauen hatten sich inzwischen alle um ihn geschart, und seine Leibwächter mussten tatsächlich eingreifen, um ihn von der Horde zu befreien.

Die Frauen, die Gott sei Dank wieder bekleidet waren, wurden nach links verfrachtet, und Veit stand mittig, als er zu sprechen begann. »Es waren drei interessante Abende mit euch, und ich danke euch für all das, was ihr auf euch genommen habt, um mir zu beweisen, dass ihr es ernst meint. Letzten Endes habe ich mich auch für eine Dame entschieden«, sagte er und mein Herz versetze mir einen tiefen Stich.

Hatte ich mich so in ihm getäuscht? Ich hatte gedacht, er liebte Ana! Wie konnte er da nur eines dieser Flittchen wählen? So ein ARSCH … »Verdammter Idiot!«, fluchte ich leise.

»Nun spann uns nicht länger auf die Folter. Zeig uns, wer sie ist!«, forderte Mat, der genauso neugierig war, wie alle anderen im Raum. Sogar der Butler, der mir geöffnet hatte, stand am roten Teppich, um live dabei zu sein, wenn die neue Mrs Rosenberg bekanntgegeben wurde.

Veit schaute die Frauen nacheinander an.

Er blickte ruhig in das Gesicht jeder der acht Verbliebenen. Dann drehte er sich zu mir um und zeigte auf mich. »Sie! Sie ist es …!«

Kapitel 12

Umgehend brach ein Stimmgewirr aus. »SIE? Wer ist diese Person?«

»Wo kommt die denn her?«

»Das ist doch die Frau von vorhin, mit der du so lange getanzt hast.«

»Kennst du sie etwa?«

»Aber die ist doch gar nicht mehr im Rennen!«

»Ja, sie hat sich nicht ausgezogen!«

»Was willst du denn mit der verhüllten Tante?«

Fragen um Fragen … Entsetzen und schockierte Gesichter. Veit tat mir richtig leid.

Er wurde von allen Seiten bombardiert, während ich wie angewurzelt am Fenster stehenblieb und nicht glauben konnte, was er eben gesagt hatte.

ICH? Hatte er jetzt tatsächlich mich gewählt?

Mein Herz pochte so laut, dass ich Rafael gar nicht bemerkte, der plötzlich neben mir stand und mich gekonnt einhakte. Wie in Trance ließ ich mich von ihm auf die Bühne zu Veit führen.

Ich konnte weder etwas sagen noch mich gegen die Hetze der Frauen wehren, die lautstark protestierten, weil ich mich nicht ausgezogen hatte.

Ich war einfach nur perplex und stellte mich ungläubig neben Veit.

Alles war tumultartig. Die Frauen schimpften.

Sie waren unglaublich sauer und sprachen alle wild durcheinander. Eine versuchte mir sogar den Schleier abzureißen – was ihr zum Glück nicht gelang.

Veit stellte sich schützend vor mich, und seine Bodyguards hatten endlich etwas zu tun, bis die Frauen alle von der Bühne geführt worden waren. Dann ergriff Veit abermals das Mikrofon. »Ich bitte alle Damen, meine Entscheidung zu respektieren. Es hätte jede sein können«, sagte er laut und deutlich.

»Aber sie ist doch gar nicht mehr dabei! Sie hat die letzte Runde nicht mitgemacht«, grölte ausgerechnet Mathilda von unten empor.

»Keine von euch wurde gezwungen, sich zu entkleiden. Es war eure freie Entscheidung und in meinen Augen ein interessanter Test. Denn wenn ich eines nicht will, dann ist es eine Frau, die für Geld alles tut und sich sogar vor wildfremden Menschen auszieht. Irgendwo gibt es Grenzen und die Aufgabe mit dem Laufsteg war für mich grenzwertig«, sagte er und die Empörung der Frauen war ungebrochen. Verständlich!

»Ich bitte euch jetzt alle, zu gehen. Der Abend ist vorüber, ich habe meine Herzensdame gefunden, und meine Chauffeure werden euch nun alle heimfahren«, sagte er klar und deutlich, während einige Frauen weiter protestierten.

»Wer ist sie überhaupt? Sie kam als letzte, da waren wir schon zu zehnt!«, rief die Frau mit der aufgemalten Maske, und die große Dame im Jumpsuit fügte hinzu: »Ja, genau! Wir kennen sie überhaupt nicht, sie soll den Schleier abnehmen.«

»Sie wird den Schleier abnehmen, nachher, wenn ich mit ihr alleine bin. Außerdem war sie die geladene Nummer … Elf. Ihre Einladung erfolgte auf meinen persönlichen Wunsch. Ich bitte euch, meine Entscheidung zu respektieren. Diese Dame wird nachher meine Frau, so wahr ich hier stehe«, sagte Veit und seine Worte rannen wie heiße Lava durch meine Adern.

In mir brannte es lichterloh.

Es war Feuer, es war Freude, es war aber auch Angst! Es war Entsetzen, Unverständnis und Glück zugleich.

Ich verstand die Welt nicht mehr.

Es dauerte noch einige Minuten, bis die Leibwächter alle Frauen aus dem Zimmer geführt hatten.

Im Nu hüllte uns Schweigen ein. Ich war mit Veit ganz alleine, auch der Butler war gegangen.

»Überrascht?«, fragte er mich nach einer Weile.

Ich nickte ehrlich. »Ja, das bin ich, sehr sogar. Ich dachte, du liebst eine andere.«

Er schaute mich verwirrt an und verstand offenbar nicht, was ich meinte. Also half ich ihm auf die Sprünge. »War ihr Name nicht Ana? Oder war das vorhin gelogen?«, wollte ich wissen.

»Ach, Ana meinst du. Ja.«

»Was – ja?«, hakte ich nach.

»Ja, da gibt es eine Frau die Ana heißt und in die ich mich verguckt habe. Aber ich kenne sie nicht, ich weiß nicht, wo sie lebt, noch wo ich sie finden könnte. Zudem muss ich in ein paar Stunden heiraten«, rechtfertigte er sich schon beinahe verzweifelt.

»Das will ich alles gar nicht wissen. Mich interessiert nur eines: Liebst du sie, ja oder nein?«

»Und wenn ich jetzt ›ja‹ sage, was ist dann? Gibst du mir dann einen Korb?«

»Ich will nur die Wahrheit hören. Ich möchte wissen, ob du diese Frau liebst.«

Veit tat sich schwer mit der Antwort, er kämpfte geradezu mit sich und letzten Endes nickte er. »Ja, ich liebe sie. Aber das hat nichts mit uns zu tun. Ich kann treu sein und du musst dir keine Gedanken ihretwegen machen!«

»Wieso willst du mich heiraten, wenn du eine andere liebst? Du kennst mich überhaupt nicht.«

»Du weißt, warum. Wieso lassen wir das Thema nicht einfach ruhen? Ich habe mich für dich entschieden und wüsste jetzt gerne deinen Namen!«

Ich schüttelte den Kopf und gab nicht nach.

»Ana oder ich? Und überleg dir gut, was du sagst!«, warnte ich ihn.

»Dich!«

»Das war die falsche Antwort«, sagte ich mit meiner normalen, nicht verstellten Stimme. Dann löste ich den Tüll aus den Spangen und nahm den Schleier ab.

Veits Gesichtsausdruck werde ich nie vergessen.

Es war eine Mischung aus Überraschung, Erleichterung, Freude und Liebe.

Er hauchte ganz leise meinen Namen: »*Ana*!«

»Ja, ich bin es.«

»Gott, wie schön! Ich, ich freue mich ja so! Das ist unglaublich«, sagte er euphorisch und wollte mich umarmen, aber ich stoppte ihn.

Ich kann nicht sagen, was es war, aber ich spürte eine große Leere in mir. Vor mir stand der Mann, in den ich mich verliebt hatte, für den ich kämpfen wollte und nun, so kurz vor dem Ziel, gab ich auf.

»Tut mir leid, aber ich kann nicht! Ich bin enttäuscht. Mal abgesehen von diesem desaströsen Abend – der mir ein Leben lang Albträume bescheren wird – bin ich auch von dir enttäuscht. Angeblich liebst du *mich*, entscheidest dich aber dennoch für eine andere, wildfremde, maskierte Frau. Wie krank ist das denn bitteschön?«

»Aber ich wusste doch gar nicht, wo du steckst, oder wie ich dich finden kann«, versuchte er sich zu rechtfertigen.

»Und deswegen heiratest du mal schnell eine andere? Veit, dann ist das keine Liebe, was du für mich empfindest! Du hättest mich finden können, wenn du es gewollt hättest. Es gibt Tausende Möglichkeiten, jemanden zu finden – aber dazu hättest du mich suchen müssen. Stattdessen lässt du deine Bodyguards – das muss man sich mal vorstellen – du lässt *Bodyguards* Frauen für dich aussuchen! Ihr spielt kranke Spiele. Ballrunde, Bikinirunde, splitternackt auf einem beleuchteten Laufsteg! Das ist eine Demütigung, für die mir die Worte fehlen! Wie kannst du das einer Frau nur antun?«

»Aber, aber ich wollte das doch gar nicht! Das waren die Ideen meiner Leibwächter!«

»Das ist ja noch schlimmer! Dieses ganze Theater drehte sich um dich, Veit. Nur um dich ganz alleine! Du hättest diesen Wahnsinn abbrechen können, du hättest das alles verhindern können! Wieso lässt du drei hirnlose Muskelpakete solche perfiden Pläne für dich schmieden? Und auch noch ausführen? Und du siehst nur tatenlos dabei zu? Wenn du seit drei Wochen eine Frau suchst – warum hast du mich verdammt nochmal nicht gefragt, als wir uns am See getroffen haben? Oder spätestens letzte Woche? Du vögelst mich und lässt mich einfach gehen?«

»Aber, aber … das stimmt doch so gar nicht! Ich wollte nie, dass du gehst – im Gegenteil! Ich habe dich am See um deine Nummer gebeten. Gefragt, wo du wohnst, wer du bist, aber du bist gegangen – ohne Antwort. Und letzte Woche warst du am Morgen auch einfach weg!«

»Und du hattest keine Ambitionen, nach mir zu suchen? Einfach mal an der Uni nachfragen, hätte vermutlich schon gereicht. Mag sein, dass Ana nicht der außergewöhnlichste Name ist, aber mit ein bisschen Hirn, Mut und Wille hättest du mich finden können! Stattdessen willigst du in die Heirat mit einer völlig fremden Frau ein? Du musst sehr verzweifelt sein, oder ist dir einfach alles egal?«

Er stand vor mir wie ein begossener Pudel und tat mir schon fast leid. »Ja, ich bin verzweifelt, sonst hätte ich mich nie auf das hier« sagte er, streckte seine Arme aus und deutete auf den Laufsteg und auf die Bühne, »eingelassen. Es ist gleich drei Uhr und in sieben Stunden ist die Hochzeit geplant. Stehe ich nicht mit einer Frau parat, verliere ich mein Erbe.«

Ich konnte es nicht mehr hören.

Etwas Schlimmeres hätte er kaum sagen können.

»Hörst du jemals auf dein Herz, Veit? Was sagt es dir gerade?«

»Es freut sich, weil du hier bist. Weil du rechtzeitig gekommen bist. Ana, ich liebe dich – wirklich!«

»Ich glaube nicht, dass du weißt, was Liebe überhaupt bedeutet. In erster Linie liebst du dein Erbe. Dir ist dein Besitz wichtiger als ein Mensch. Du nimmst lieber eine Fremde, anstatt die zu suchen, die du angeblich liebst.«

»Aber es war doch so wenig Zeit«, versuchte er sich immer noch rauszureden.

»Zeit ist unwichtig, wenn man wirklich liebt. Liebe ist zeitlos. Sie ist stärker als Geld, größer als Häuser, wichtiger als Casinos, mächtiger als ein Schloss und so viel wertvoller als ein pralles Bankkonto. Du kannst in einer kleinen Hütte mit der Frau deiner Träume glücklich sein oder dich in einem goldenen Palast einsam und alleine fühlen. Jetzt sag mir bitte, wer reicher ist: der Mann mit seiner Frau in der ärmlichen Hütte oder der stolze, einsame Schlossherr?«

Ich hatte so sehr gehofft, dass er mich verstehen und realisieren würde, dass Geld nicht alles ist.

Aber Veit begann zu überlegen.

Und er überlegte und überlegte … lange, zu lange!

Mir reichte es!

Ich konnte nicht mehr, drehte mich um und lief davon.

Ich lief durch das Zimmer, durch den Ballsaal, hinaus zu den Treppen und hörte Veit hinter mir rufen, dass ich warten solle. Aber es war mir egal.

Ich wollte nur noch eines: hier raus!

Wie konnte ich mich nur so in dem Mann geirrt haben? Ich hatte ihn wirklich sehr gern und er liebte nur sein verdammtes Geld! Mir liefen die Tränen über die Wangen, als ich in einem halsbrecherischen Tempo die Steinstufen hinab flitzte. Ich rief Liz von Weitem zu, dass sie den Wagen anlassen solle.

Veit folgte mir. Ich nahm zwei Stufen auf einmal und wäre fast gestürzt. Ich knickte um und verlor einen Schuh. Mist! … Ich konnte jetzt nicht stehenbleiben. Ich musste weiter!

Also lief ich mit nur einem Schuh die restlichen Stufen hinunter. Bis zum Auto war es nicht mehr weit. Im Laufschritt nahm ich den einen verbliebenen Pumps in die Hand und rannte barfuß über den Parkplatz. Hinter mir konnte ich hören, wie Veit rief, dass ich warten solle und das er mich liebe, aber ich wollte es nicht hören.

Ich kam dem Auto immer näher, riss panisch die Wagentür auf und schrie: »Fahr los! Schnell! Fahr!«

Zum Glück lief der Motor schon.

Liz war erschrocken und drückte das Gaspedal durch. Mit quietschenden Reifen raste der Wagen vom Parkplatz und wir hätten fast das edle Eingangstor mitgenommen.

Als wir endlich im Straßenverkehr angekommen waren, schaltete Liz einen Gang tiefer und fuhr dann rechts ran.

»Ana, WAS WAR DA LOS? Ich hätte eben beinahe eine Herzattacke erlitten«, sagte sie völlig aufgelöst und auch Caspar hatte sich vor lauter Schreck unter meinem Kleid verkrochen.

»Nichts, fahr weiter! Ich will nach Hause.«

»Nichts? Wegen NICHTS stürzt du die Treppen hinunter? Und wer war der Mann hinter dir? Bist du etwa aufgeflogen? Haben sie dich verfolgt?«, fragte sie mir Löcher in den Bauch und ich schaute sie traurig von der Seite an. »Es ist zu viel, um es dir jetzt zu erklären. Du hast ja überhaupt keine Ahnung, was da drin alles passiert ist!«

»Eben! Ich will es wissen, und deswegen fahre ich dich jetzt auch nicht nach Hause, sondern wir fahren zu mir! Da haben wir genug Zeit zum Quatschen.«

»Aber Maria ...«, konterte ich. »Ich bekomme großen Ärger.«

»Warte doch erstmal ab. Ich bringe dich morgen Nachmittag heim. Uns wird bis dahin eine gute Ausrede einfallen. Vielleicht sagen wir, dass du gestürzt bist und im Krankenhaus warst«, erklärte Liz und fügte hinzu: »Was will sie schon machen? Es kann immer mal etwas sein und jetzt schau nicht so! Caspar haben wir hier, um den brauchst du dir keine Gedanken zu machen, und dein Pferd kommt bei dem Wetter auf der Weide auch zurecht. Die nächsten Stunden gehören uns, Süße!«

Liz überredete mich schließlich, und so fuhren wir in dieser Nacht über den hell erleuchteten Las Vegas Stripe, genau ins Zentrum, denn dort wohnte Liz.

Hier hatte man den Eindruck als würde die Stadt nie schlafen. Die Lichter der unzähligen Casinos, Bars und Einkaufszentren blinkten stetig und machten jede Nacht zu einem Erlebnis. Die Straßen waren voll mit Touristen, sogar um diese Uhrzeit.

Wäre der Himmel nicht dunkel gewesen, und würden da oben nicht ein paar Sterne blinken, man hätte meinen können, es sei mitten am Tag.

Ich konnte mir kaum vorstellen, im Zentrum der Stadt zu leben. Ab und an brauchte ich etwas Ruhe und musste abschalten. Ich liebte es, aus dem Fenster zu blicken, Raum und Weite zu sehen, das Gras und die Bäume zu beobachten, die im Hintergrund von der Bergkette, die ganz Las Vegas umhüllte, eingerahmt wurden.

Aber hier gab es nichts von alledem, außer bunten Lichtern und hell erleuchteten Gebäuden, soweit das Auge blickte.

Dafür hatte Liz ein friedliches Elternhaus, was ich sehr schätzte. Es war bereits kurz vor vier in der Früh, als wir uns zusammen auf ihr Bett setzten und ich detailgetreu erzählen musste, was bei Veit geschehen war.

Liz war genauso geschockt wie ich, allerdings mehr über den Naked-Walk.

Ich hingegen war geschockt über Veits Verhalten.

Weshalb waren Männer nur solche Idioten?

Warum waren ihnen Autos, tolle Häuser und Geld wichtiger als die Liebe in ihrem Leben?

Auf diese Frage konnte mir Liz auch keine Antwort geben. Aber sie nahm mich tröstend in den Arm. »Warte nur ab, der Richtige wird schon noch kommen.«

Kapitel 13

Wir erwachten erst am Samstagmittag. Caspar schlummerte noch neben dem großen Bett, in dem ich gemeinsam mit Liz geschlafen hatte. Liz besaß eine kleine Einliegerwohnung in dem riesigen Appartement ihrer Eltern, das zwei Etagen einnahm. In der zweiten Etage nannte sie ein kleines Bad, eine Küche samt Esszimmer, ein großes Wohnzimmer und ein Schlafzimmer ihr Eigen.

Wir waren daher ganz unter uns und ich wäre so gerne bei ihr geblieben. Mir graute es davor, nach Hause zu fahren. Wäre Nikolaus nicht gewesen, hätte ich diesen Weg nie angetreten.

Liz hatte mir schon oft angeboten, bei ihr mit einzuziehen. Wir wären eine tolle WG und Caspar hätte ich auch mitnehmen dürfen. Aber es gab Nikolaus, er war beinahe älter als ich. Seine Endstation wäre der Schlachthof gewesen. Das brachte ich nicht übers Herz.

Außerdem liebte ich ja das Leben außerhalb des Stadtkerns und so musste ich notgedrungen nach Hause.

Es ging schon auf sechzehn Uhr zu, als mich Liz zu den Stallungen fuhr. Ich war umgezogen. (Liz hatte vorsichtshalber mein Kleid behalten. Würde es Mathilda in meiner Nähe finden, hätte mein letztes Stündchen geschlagen.)

Ich brachte Caspar in die Scheune und verabschiedete mich von meiner besten Freundin.

»Wenn ich Montag nicht am College bin, ruf die Polizei, dann haben sie mich garantiert gekillt!«, ließ ich sie wissen, bevor ich mich auf den Weg zum Haus machte.

»Melde dich, Ana! Bitte! Ich kann heute Nacht sonst nicht schlafen.«

»Ich schätze, ich bekomme Handyverbot, daher wird das nichts mit dem Melden.«

»Dann lass dein Smartphone hier in der Scheune und sag, dass du es im Krankenhaus vergessen hast. Dann lässt sie dich vielleicht nochmal gehen, um es zu holen, und wenn nicht, kannst du dich melden, sobald du bei den Tieren bist, denn dahin lässt sie dich ja notgedrungen.

»Ach, Liz, wenn ich dich nicht hätte! Deine Ideen sind die besten«, sagte ich und verabschiedete mich mit einem Kuss. Mein Smartphone legte ich in die Scheune, in den alten Hasenstall, und schaltete es aus. Dann machte ich mich auf den unsicheren Weg in unser Heim.

So lange war ich noch nie fort gewesen, ohne mich abzumelden. Ich hatte gestern Abend noch die gewünschten Unterlagen (Mathildas Geburtsurkunde und das Familienbuch) ordnungsgemäß auf den Küchentisch gelegt, aber die beiden hatten keine Ahnung, wo ich steckte.

Mich wunderte nur, dass es im Haus ganz still war, als ich es betrat. Ich rechnete jeden Moment damit, angebrüllt zu werden – aber nichts geschah.

Alles war leise. Aus der kleinen Bibliothek hörte ich es rascheln und schaute vorsichtig in das Zimmer.

Maria lag auf der Chaiselongue und blätterte wieder in Katalogen. Als sie mich sah, schaute sie über den Rand ihrer Lesebrille. Sie schrie nicht, sondern fragte mich in einem normalen Tonfall: »Wo kommst du denn jetzt her? Hast du mal auf die Uhr geschaut?«

Ich war völlig perplex.

»Äh, ich war letzte Nacht im Krankenhaus. Ich bin gestern Abend gestürzt – vom Pferd. Ich war bewusstlos und habe später Liz angerufen, die …«, versuchte ich zu erklären, aber Maria winkte nur ab und fiel mir ins Wort. »Jaja, schon gut. Weißt du, wo deine Schwester ist? Kannst du es dir denken?«, fragte sie mich stattdessen mit einem merkwürdig singendem Unterton.

Nein, ich hatte keinen Schimmer, wo Mathilda sein konnte. Woher sollte ich das auch wissen?

Fragend starrte ich sie an. »Nein, ich weiß es nicht. Ist alles okay mit ihr?«, hakte ich nach und dachte plötzlich an letzte Nacht. Ob ihr der Strip doch zugesetzt hatte? Wie ich Mathilda kannte, war sie garantiert bei einem Psychotherapeuten, um diese blamable Situation aufzuarbeiten. Aber das sagte ich Maria natürlich nicht.

»Du hast keine Ahnung, wer heute Morgen hier vor der Haustür stand …«, erzählte Maria unterdessen weiter und ich zuckte nur ahnungslos mit den Schultern.

»Veit Rosenberg!«

Ich glaubte, nicht richtig zu hören.

»Veit?«, fragte ich laut und Maria nickte überdeutlich. »Oh, ja. Es war erst kurz nach acht, wir haben noch geschlafen, und es schellte ohne Unterlass. Als ich öffnete stand er da, dieser reiche, gutaussehende Mann.«

»Und weiter?«, drängelte ich. Ich war entsetzt, trotzdem wollte ich es wissen.

»Naja, wir haben … *geredet.* Ich rief dann Mathilda, die er gleich mitgenommen hat«, sagte sie aufgeregt und japste dabei wie ein kleines Kind.

»MITGENOMMEN? Wohin?«

»Das weiß ich auch nicht so genau, aber Mathilda flüsterte mir etwas von einer Hochzeit, die heute Morgen um zehn Uhr stattfinden sollte, ins Ohr.«

»Und … hat sie sich schon wieder gemeldet? Haben sie geheiratet? Sag schon, was weißt du?«, forderte ich und Maria guckte mich ganz verdutzt an. »Nein, sie hat sich noch nicht gemeldet, aber die haben bestimmt auch andere Dinge zu tun.«

Ich wollte mir das nicht länger anhören und ging duschen. Ich musste meine Gedanken sortieren, die gerade völlig durcheinander waren.

Ich stellte das Wasser richtig heiß und ließ es über mich laufen, während Veit mir durch das Unterbewusstsein geisterte. Veit … Veit! Wie konnte er nur?

Ja, gut – ich bin weggelaufen (wieder mal). Ich hätte die Chance nutzen können, um ihn zu heiraten. Aber was ging nur in dem Kopf von diesem Mann vor?

Nahm er gleich die Nächstbeste?

Waren Frauen für ihn so austauschbar?

Eigentlich hätte ich es mir denken können, denn ohne Hochzeit wäre ja sein blödes Erbe flöten gegangen.

Trotzdem hatte ich damit jetzt nicht gerechnet. Und dann ausgerechnet Mathilda!

Am liebsten hätte ich laut losgeschrien, denn Veit bedeutete mir viel – trotz allem, was passiert war. Die Vorstellung, dass er mit einer anderen verheiratet war, schmerzte ungeheuerlich.

Ich hätte mir so sehr gewünscht, dass er seinen Kopf abstellte und mit dem Herzen handelte. Aber das würde nie passieren … und deswegen war es gut, dass ich weggelaufen bin, redete ich mir ein.

Beim Abtrocknen merkte ich, dass die Feuchtigkeit in meinem Gesicht hauptsächlich den Tränen geschuldet war, die unentwegt tropften. Ich hatte meine Emotionen nicht unter Kontrolle und fühlte mich elend.

Was hätte ich jetzt für mein Smartphone gegeben.

Ich wollte so gerne mit Liz reden!

Ich nutzte Marias Fröhlichkeit, überzeugte sie davon, dass mein Smartphone noch in der Klinik war, und erlog mir so wertvolle Zeit, die ich mit Liz verbringen konnte.

Eine halbe Stunde nach meinem verweinten Anruf tauchte Liz mit frischer Schokotorte, einer Kanne Kaffee, mit Decken und einigen bunten Kissen an der Scheune auf, wo ich wartete.

»Picknick?«, fragte sie und nahm mich in die Arme. »Ach, Süße … vergiss den Arsch! Wir schlagen uns jetzt den Bauch voll und gehen dann in den Wald. Wer weiß, was da noch für Typen lauern. Vielleicht sind die ja nicht ganz so doof wie dieser Veit«, versuchte sie mich aufzumuntern.

Wir bauten uns gleich neben der Koppel, hinter der Scheune – sodass Maria uns nicht vom Haus aus sehen konnte – eine gemütliche Kuschelecke.

Wir breiteten eine riesige Decke aus, verteilten die bunten Kissen darauf und rollten weitere Decken als Kopfstützen zusammen.

Während ich den Kuchen schnitt, schenkte Liz uns den Kaffee in große To-Go-Becher ein.

Die Sonne strahlte von einem herrlich blauen Himmel. Es war Ende Mai und schon richtig warm, was in Vegas keine Seltenheit ist, trotzdem war es heute ein ganz besonders schöner Tag – rein vom Wetter her betrachtet.

In mir hingegen sah es eher nach Gewitter aus.

Liz' roter Lockenkopf lag auf einem Kissen und sie schaute verträumt in die Wolken, während ich am Kaffee nippte und mit einem Marienkäfer spielte, der gerade über die Decke gelaufen kam.

»Glaubst du tatsächlich, dass er sie geheiratet hat?«, wollte Liz wissen und sah mich an.

Ich zuckte mit den Schultern.

»Ich kann es mir schwer vorstellen oder will es mir nicht vorstellen. Die beiden passen überhaupt nicht zusammen. Ich kenne Mathilda und ihre Vorlieben, wenn es um Männer geht. Sie hatte bisher immer viel ältere Freunde. Ihre Typen waren Einiges über dreißig. Ihr letzter war sogar schon vierzig Jahre, also doppelt so alt wie sie. Sie sagt immer, dass sie die Reife an den Männern schätze und einen Vaterersatz in ihren Freunden sehe. Sie fühle sich bei ihnen geborgen und wohl, was sie es bei einem gleichaltrigen oder jüngeren Mann nie könne. Veit ist doch erst sechsundzwanzig. Er passt wirklich nicht in ihr Beuteschema«, redete ich mir ein.

»Er passt vielleicht nicht in ihr Beuteschema, sein

Bankkonto aber schon. Ganz ehrlich, Ana, wenn er wirklich so bescheuert ist und die Frauen ihm scheinbar egal sind, weil es ihm nur ums Geld geht, dann war es gut, dass er Mathilda genommen hat. Ihr geht es nämlich auch nur ums Geld. Auch wenn es jetzt wehtut, wird irgendwann der Mann für dich kommen, den du wirklich liebst und der zu dir passt.«

»Aber ich liebe Veit! Und ich hasse ihn, weil er so ein Arsch ist!«, sagte ich trotzig und Liz streichelte mir über das Haar.

Schniefend trank ich meinen Kaffee und kostete von dem süßen Schokokuchen. Er war wirklich lecker.

Von Weitem hörten wir Wagentüren schlagen und Stimmen, aber weder Liz noch ich verstanden, wer da etwas sagte. Uns war es auch egal.

Liz kam näher zu mir, und ich legte meinen Kopf auf ihre Schulter. Ihre zwirbelnden Locken kitzelten mich an der Nase und ich pustete sie weg.

»Wieso tut es so weh? Ich meine, mein Herz. Es fühlt sich an, als wäre es verletzt, mittig gerissen. Es schmerzt! Dieser Schmerz zieht sich durch meinen ganzen Körper und macht mich so traurig. Warum nur? Ich meine, ich weiß doch, dass er unmöglich ist … und inzwischen wahrscheinlich mein Schwager, oh Gott, mein Schwager! Mir wird schlecht …«

Ich spürte Liz' Hände, die abwechselnd über meinen Rücken und meine Arme streichelten. »Es wird vorbeigehen, glaub mir. Irgendwann hört es auf, wehzutun.«

»Wann?«, fragte ich, als wir plötzlich Schritte hörten.

Irgendjemand kam den kleinen Pfad entlang, den eigentlich nur ich immer als Abkürzung benutzte, wenn ich zur Scheune ging.

Hoffentlich war es nicht Maria!

Ängstlich sah ich zu Liz. Die legte ihren Zeigefinger auf die Lippen und wir wurden mucksmäuschenstill.

Die Schritte wurden immer lauter, kamen näher … es mussten mehr sein als von nur einer Person. Aber wer sollte hier entlang gehen? Ich meine, es war unser Grundstück, Marias Grundstück. Es war Privatbesitz.

»Ist das der Gaul? Bist du dir sicher?«, hörte ich plötzlich jemanden fragen, und mir fuhr ein Schreck durch den Körper. Meine Augen weiteten sich und ich starrte Liz an.

Hatte da gerade ein Mann über mein Pferd gesprochen? Was wollten sie von Nikolaus?

Maria würde es nicht wagen … Als ich über die schlimmsten Befürchtungen nachdachte, stand Liz vorsichtig auf und lugte um die Ecke der Scheune. Wir saßen so geschützt, dass man uns nicht sehen konnte.

Sie streckte ihren Hals, er wurde immer länger.

Dann drehte sie sich kurz zu mir um und lächelte.

Ich schaute sie stumm und fragend an.

Was war das für ein Blick? Wer stand denn da?

Ihr Grinsen wurde immer breiter und dann räusperte sie sich so laut, dass es die Fremden hören mussten.

Erschrocken sah ich sie an und zeigte ihr einen Vogel. War sie noch ganz bei Trost?

Dann hörte ich eine Stimme, die mir irgendwie bekannt vorkam. »Guten Tag, wir sind auf der Suche nach Anabell Forster. Können Sie uns behilflich sein?«, fragte der Mann und mir wurde ganz flau im Magen.

Wieso suchte der nach mir?

Was hatte ich angestellt?

Und wieso kam mir seine Stimme so vertraut vor?

Verunsichert schaute ich zu Liz, aber sie hatte mir ihren Rücken zugewandt.

Stattdessen antwortete sie dem Fremden: »Ja, ich kann Ihnen helfen. Hier entlang, bitte!«, sagte sie und deutete in meine Richtung. Mein armes Herz pochte wieder einmal so schnell, als die Schritte näher kamen.

Ängstlich und fragend sah ich Liz an.

Sie lächelte selig und warf mir einen Luftkuss zu.

Was hatte denn das jetzt zu bedeuten?

Ehe ich mir weiter Gedanken machen konnte, kamen sie auch schon um die Ecke … Eric und VEIT!

Ich traute meinen Augen kaum, aber er war es wirklich: Veit!

Ich musste aufpassen, dass ich nicht zu weinen begann, und stand ganz unbeholfen auf. Er kam lächelnd auf mich zu und hielt meinen Schuh in der Hand.

»Willst du mir den zurückbringen? Das ist nett, danke«, sagte ich und deutete dabei auf den Schuh.

»Ja, aber nicht nur das«, sagte er und ging vor mir auf die Knie. Er legte den Schuh neben die Decke ins Gras und zog ein kleines Kästchen aus seinem Jackett.

Sofort schnallte mein Puls in die Höhe.

Der Inhalt entpuppte sich als wunderschöner Ring.

Ich konnte es kaum glauben.

»Anabell Forster, würden Sie mir die Ehre erweisen und mich zu Ihrem Ehemann nehmen? Ich kann leider nicht mehr mit Casinos, teuren Autos und Barvermögen punkten, weil der heutige Hochzeitstermin verstrichen ist, aber ich biete Ihnen mein Herz auf Lebenszeit, meine uneingeschränkte Treue und meine innige Liebe ewiglich. ANA … du hast mich vom ersten Moment an verzaubert, als du mir am Waldrand begegnet bist und mich dabei fast zu Tode erschreckt hast«, begann er und ich musste schmunzeln. »Ich durfte mit dir wunderschöne Stunden erleben, die sich in mein Herz eingebrannt haben. Ich möchte dich für den Rest meines Lebens nicht missen, und ich bitte dich, so einem Trottel wie mir eine weitere Chance zu geben. Und um auf deine Frage zu antworten, dazu bin ich ja leider nicht mehr gekommen: Ich würde lieber mit der Frau, die ich liebe, in einer ärmlichen Hütte leben als mit einer Wildfremden in einem Schloss. Ana, kommst du mit mir in die Hütte, denn das Schloss werde ich vermutlich verlieren«, sagte er, immer noch kniend, und sah mir dabei so gerührt in die Augen, dass ich ebenfalls auf die Knie sank.

»Ja, Veit! Ich will nur dich, nur dich alleine! Alles andere ist mir egal«, gestand ich und fiel ihm um den Hals. Ich spürte seine Arme, die mich fest umschlossen und seine Küsse, die mich einhüllten.

Das tat so unbeschreiblich gut. In mir erblühte etwas, und es fühlte sich an, als könnte ich fliegen.

Ich war so erleichtert, dass mir sogar ein paar Tränen kamen, und dann fiel mir etwas ein.

Ich musste schmunzeln. »Ich dachte, du hättest heute Morgen Mathilda geheiratet.«

Er drückte mich kurz weg, um mir in die Augen sehen zu können. »Mathilda? Wie kommst du denn darauf?«, wollte er wissen und wischte mir sanft eine Träne weg.

»Naja, Maria hat gesagt, du hättest sie mitgenommen.«

»Ja, das habe ich auch. Aber nur, um zu erfahren, wo du bist. Das mit der Suche war nämlich gar nicht so leicht. Wir haben in der Nacht noch sämtliche Jahrbücher der örtlichen High Schools nach dir durchsucht und wurden irgendwann fündig. Als ich heute früh die besagte Adresse erreichte, öffnete mir eine Frau Forster, die steif und fest behauptete, nur eine Tochter zu haben, Mathilda. Sie sagte, dass auch diese gestern auf meinem Ball gewesen sei. Ich fragte immer wieder nach *Anabell*, aber sie verneinte, dich zu kennen, deshalb nahm ich Mathilda mit und ließ sie von meinen Männern ausquetschen. Die bekamen das ganz gut hin und sie war sichtlich schockiert, als sie erfuhr, dass du die mysteriöse Lady in dem pompösen Kleid gewesen bist. Sie ist übrigens immer noch bei Mat, die zwei verstehen sich ziemlich gut, wenn ich das mal so sagen kann«, erzählte er mit einem Augenzwinkern, und auch ich musste lächeln, als ich mir Mathilda und Mat zusammen vorstellte.

»Und nun willst du mich heute unbedingt heiraten.«

»Nein, nicht unbedingt heute … Wann immer du dazu bereit bist. Der Termin ist eh vorbei, der Pastor ist gegangen. Wir hatten es zu Hause im Schloss geplant. Den Gästen habe ich abgesagt und mein Handy ist aus. Vater wird rasen vor Zorn, der hat bestimmt schon tausend Mal versucht, anzurufen, aber das ist mir egal. Mir tut es nur ein bisschen um das Drumherum leid. Im Schloss ist alles geschmückt, dort stehen ein Blumenmeer, eine gigantische Torte, und der Catering-Service kann heute Abend auch alles wieder mitnehmen«, erzählte Veit bedrückt.

Irgendwie fühlte ich mich mit verantwortlich, obwohl ich im Grunde gar nichts dafür konnte.

»Dann erkläre es doch deinem Vater!«

Veit lächelte gequält. »Du kennst meinen alten Herrn nicht! Er ist unnachgiebig. Nicht für umsonst hat er es so weit gebracht. Ich hatte ihm eine tolle Hochzeit versprochen, mit der schönsten Braut! Einer Frau, die so stark wie meine Mutter ist, die mir zukünftig den Rücken stärken und die Firma mit mir repräsentieren wird. Ich weiß, dass das Meiste davon gelogen war. Ich wusste, dass nur der Teil mit der Hochzeit stimmen würde«, erzählte er und lachte sarkastisch auf, ehe er weiter sprach. »Jetzt stimmt der ganze Rest, dass ich eine wundervolle Frau an meiner Seite habe, aber es wird keine Hochzeit geben.«

Veit hatte den Kopf gesenkt. Er spielte mit einem Grashalm, den er durch seine Finger zwirbelte.

Irgendwie tat er mir plötzlich leid. Ich wusste, dass seine Worte ehrlich gemeint waren, und ich wusste, was er heute meinetwegen aufgegeben hatte.

Er hatte tatsächlich die Hochzeit sausen lassen, obwohl jede einzelne der anderen Frauen garantiert überglücklich den Termin wahrgenommen hätte – ungeachtet des peinlichen Laufstegauftritts.

Ich streichelte Veit über die Wange und gab ihm einen Kuss. »Ich liebe Torten«, flüsterte ich und blickte schelmisch zu Liz, die neben Eric stand.

»Ist das so eine leckere Doppeldeckertorte?«, hakte ich nach.

Veit sah mich irritiert an. »Ja, sogar sechs Etagen hoch.

Davon wird eine Armee satt, von dem Abendessen ganz zu schweigen, das noch gebracht wird.«

»Es wäre eine Schande, die guten Sachen verkommen zu lassen, nicht?«, setzte ich nach. Veit zuckte nur mit den Schultern. »Das ist mir egal. Wir fahren nachher ins Schloss, ich hole meinen Krempel, und dann zeige ich dir meine Wohnung. Ich habe ein kleines Appartement in der Stadt, das gehört zum Glück mir, das kann mir Vater nicht nehmen. Sollen die doch im Schloss machen, was sie wollen.«

»Oder wir fahren jetzt in die City, suchen uns eine kleine Kapelle und heiraten. Wir sind hier schließlich in Vegas! Da kann eine Hochzeit kein Hindernis sein. Wenn wir uns beeilen, ist es noch nicht zu spät für die Torte. Ich liebe süße Sachen!«

Kapitel 14

Ich kannte ja viele Facetten von Veit, aber dieser Ausdruck in seinen Augen war mir fremd! Ich sah ein Feuerwerk der Gefühle … Er war gerührt, stolz, überrascht und offenbar sehr dankbar. Er schloss mich erleichtert in seine Arme und hielt mich ganz fest. »Du musst es nicht tun, nicht heute! Aber ich wäre der glücklichste Mensch der Welt, wenn du es tun würdest, es hängt einfach so viel davon ab«, sagte er, drückte mich ein Stück von sich weg, um mir in die Augen sehen zu können, und gestand: »Ich liebe dich, Ana, ehrlich und aufrichtig, ob mit oder ohne Hochzeit.«

»Schon gut, lass uns gehen, ehe es zu spät wird! Ich muss nur noch das Familienbuch holen, und dieser Muskelprotz hier, soll bitte dafür sorgen, dass meinem Pferd nichts passiert! Nikolaus ist mein Leben. Wenn meine Stiefmutter etwas von der Hochzeit mitbekommt, landet er im Schlachthaus. Oh, und mein Hund kommt gleich mit!«, machte ich deutlich und Veit überschlug sich vor Freude.

»Natürlich, selbstverständlich. Du hast es gehört, Eric! Das weiße Pferd dort soll sofort zum Schloss gebracht werden! Lass einen Bereich abzäunen, Wasser und Heu bringen! Das Pferd gehört ab sofort zu uns. Es war schon Zeuge unserer Liebe«, sagte er, und ich musste schmunzeln, als ich an unsere erste verrückte Nacht im Wald dachte.

Auch Liz kicherte, sie kannte ja die ganze Story. »Siehst du, Süße. Am Ende wird alles gut. Und wenn es nicht gut wird, ist es nicht das Ende! Habe ich dir doch die ganze Zeit gesagt«, erinnerte sie mich, nahm mich in den Arm und gab mir einen dicken Knutscher auf die Wange.

Liz fuhr uns in die Stadt. Eric war geblieben und kümmerte sich um den Transport von Nikolaus. Caspar hatte ich auf dem Schoß. Liz wäre nicht Liz gewesen, wenn sie nicht sofort ein Brautmodengeschäft angesteuert hätte. Eine Stunde später saßen wir wieder in ihrem Wagen, und ich war in einen Traum aus weißer Spitze gehüllt.

Das Kleid hatte mir sofort ins Auge gestochen. Es war ein wahrer Traum und passte wie angegossen.

Es war schulterfrei, mit enger Taille versehen und das ausladende Unterteil war mit roten kleinen Röschen besetzt. Passend dazu wurden mir im Brautgeschäft rote Rosen ins Haar geflochten und ein farblich stimmiges Blumenbukett aus kleinen Rosen dazu gereicht. Sogar Schuhe hatten sie dort. Liz kannte sich eben aus. Sie war die Modequeen.

Überglücklich saß ich nun auf der Rückbank. Veit hatte seinen Arm um mich gelegt und wirkte völlig entspannt. Caspar schlummerte an meinen Füßen und Liz fuhr uns zielsicher zur berühmten Graceland Wedding Chapel.

Obwohl es Samstag und bereits kurz vor achtzehn Uhr

war, brauchten wir nicht lange zu warten.

Liz wurde unsere Trauzeugin, eine bessere hätte ich mir nicht vorstellen können, und keine Stunde später war ich Anabell Rosenberg!

Zugegeben, es ging sehr schnell, und es war niemand dabei, außer Liz und Caspar, der brav neben uns gesessen hatte. Aber ich hätte es mir nicht romantischer vorstellen können. Diese leere, kleine Kirche, die Stille und Intimität in diesem Raum der Liebe brachten es auf den Punkt. Es ging nur um eines – um Veit und mich! Um unsere Liebe, um unsere Zukunft.

Wir taten es nicht, um es jemandem zu beweisen oder um gesehen und bewundert zu werden.

Wir taten es schlicht, weil wir es wollten, weil wir uns liebten, und ich hätte nirgendwo glücklicher sein können, als an seiner Seite.

Aber jetzt freute ich mich auf die Torte, und Liz fuhr den bekannten Weg zum Schloss. Schon von Weitem sah ich Nikolaus dort stehen. Er passte wundervoll ins Bild.

Lächelnd und glücklich gingen wir die Treppe nach oben, über die ich gestern so fluchtartig weggelaufen war. An der Tür angekommen, nahm mich Veit auf den Arm und trug mich über die Schwelle.

Wir waren beide erstaunt, als wir die vielen Menschen im Foyer sahen. Jubel brach aus.

Liz stand mit Caspar neben uns, und auch Veit wusste nicht, wie ihm geschah. Er setzte mich vorsichtig ab, als ein älterer Herr durch die Menschenmenge auf uns zukam. Er begutachtete mich von oben bis unten und nickte dann zufrieden.

»Ich habe gehört, was passiert ist. Jedenfalls in groben Zügen. Da kann ich also doch noch gratulieren. Ich bin wirklich erleichtert und glücklich über eure Hochzeit – auch wenn ich nicht dabei sein durfte. Dass du ihretwegen dein Erbe aufgegeben hättest, zeigt mir, dass du sie wirklich liebst. Ich bin zufrieden, Veit. Ich bin sogar sehr zufrieden!«, sagte sein Vater und gab mir einen Kuss auf die Hand, ehe er seinen Sohn kurz umarmte.

Eric hatte offenbar ganze Arbeit geleistet.

Die Mehrheit der Gäste war doch noch gekommen, und es wurde eine berauschende Feier, die bis spät in die Nacht ging. Je später es wurde, desto unruhiger und nervöser wurde Veit.

»Alles okay mit dir?«, wollte ich wissen, als er wie ein Häufchen Elend auf dem Stuhl saß und angespannt mit dem Fuß wippte.

»Muss ein Mann immer zu seinem Wort stehen?«, stellte er mir eine Gegenfrage. Ich setzte mich neben ihn und dachte nach. »Ja, sollte er! Es hat etwas mit Verlässlichkeit zu tun.«

Irgendwie war das nicht die Antwort, die er hören wollte. Unterwürfig sah er mich an. »Und wenn man etwas versprochen hat, einen echten Blödsinn, sollte man auch dazu stehen und das Versprechen halten?«

»Worum geht es hier, Veit?«

»Ach, nichts. Ich, ich … naja, vor einem Monat war alles noch anders. Ich habe dich nicht gekannt und hatte diesen Termin vor Augen. Ich hätte alles für eine Frau getan beziehungsweise dafür, das Erbe zu retten«, druckste er herum und ich verstand immer weniger. »Sag mal, sexuell gesehen bist du doch sehr offen, oder? Ich meine, am See hast du mich schon sehr überrascht mit deiner offenen Art«, lenkte er jetzt ab.

Ich schüttelte irritiert meinen Kopf. »Was hat das eine jetzt mit dem anderen zu tun?«

»Nichts, ich frag ja nur. Unsere Hochzeitsnacht hat begonnen und wir sitzen hier rum. Ich würde viel lieber mit dir spielen. Irgendwelche Wünsche oder Sehnsüchte, Mrs Rosenberg?«

Als er es ansprach, wurde mir ganz flau im Magen. Zwischen meinen Beinen spürte ich wieder dieses süße Kribbeln. Ich dachte an unsere letzte gemeinsame Nacht und daran, wie schön der Sex mit ihm gewesen war. Ich konnte es kaum erwarten, ihn wieder in mir zu spüren.

»Wünsche? Du nackt … deine Zunge auf meiner Haut, deine Hände an meinem Körper. Sehnsüchte? Du in mir reicht völlig«, hauchte ich ihm ins Ohr und spürte, wie Veits Atmung an Stärke gewann. Sein Brustkorb begann zu beben, und sein harter Griff um meine Taille zeigte mir, dass auch er in Stimmung war.

»Dann auf in unser Ehebett, Mrs Rosenberg, und lassen Sie sich überraschen!«

Und wieder nahm er mich auf den Arm und trug mich eine Etage höher in ein gigantisches Zimmer.

Ich dachte immer, dass Mathilda ein großes Zimmer hatte, aber zu ihrem, war das hier kein Vergleich. Ich sah einen weißen Flügel, integrierte Einbauschränke und ein großes weißes Metallbett mit Himmel.

Der Raum wirkte so clean, geordnet und überschaubar. Ein modernes weißes Sofa stand unter der großen Fensterfront, ebenso fanden sich zwei silberfarbene Stühle an einem hübsch dekorierten runden Tisch, unweit vom Bett.

Veit begann lasziv vor mir sein Jackett auszuziehen, was mein Blick vom Mobiliar ablenkte.

Er riss seine Krawatte runter und öffnete die zwei oberen Knöpfe seines blütenweißen Hemdes.

Ich spürte, wie die Feuchtigkeit in mir neue Ausmaße annahm. Unbewusst biss ich mir auf die Lippe.

Grinsend kam er näher, strich mir über den Bauch, ließ seine Finger zu meinen Brüsten wandern, die fest in dem Kleid steckten. »Hol mich aus diesem Ding, ich will dich!«, hauchte ich ergeben und Veit folgten meinen Worten. Er öffnete das Kleid und schälte mich heraus. Ich trug einen weißen trägerlosen BH aus Spitze, einen String-Tanga und elegante Strapsstrümpfe.

»Du bist wunderschön, Ana, einfach nur wunderschön«, raunte er mir ins Ohr und begann mich am Hals zu küssen. Seine Zunge fuhr abwärts und ich bekam Gänsehaut. »Setz dich aufs Bett, ich will mit dir spielen!«, sagte er bestimmt und in mir startete eine Achterbahn.

Während ich mich brav und voller Vorfreude auf die Bettkannte setzte, ging er zu den vielen Schubfächern der Einbauschränke und drückte gegen eine, sodass sie herausfuhr.

Er zog einen Seidenschal hervor und kam damit zu mir.

»Was hast du vor?«, fragte ich heiser.

»Ich will nur spielen, Ana«, antwortete er und legte den Schal um meine Augen. Dann band er ihn an meinem Hinterkopf zusammen.

Ich wusste nicht, was ich davon halten sollte. Auf der einen Seite erregte es mich, aber andererseits wollte ich ihn auch gerne sehen! Ich liebte seinen Anblick, seine samtige Haut, die Muskeln, seine grünen, funkelnden Augen, das freche Grinsen … jetzt war ich ganz alleine mit mir in der Dunkelheit und hörte, wie er sich wieder entfernte.

»Wo gehst du hin?«

»Nur etwas holen!«

Ich lauschte ganz gezielt und nahm dadurch so viel mehr wahr als sonst. Etwas klapperte, er kam zurück …

»Stell dich hin, Ana! Und streck die Arme nach oben!«

Ich schluckte und blieb erstmal sitzen. Mein Herz erhöhte die Anzahl der Schläge. Dann spürte ich etwas an meinem Handgelenkt. Es klickte und ich erschrak.

»Psst, ganz ruhig! Komm, steh auf«, sagte er wieder und zog mich hoch.

»Was ist das um meine Handgelenke?«

»Etwas Schönes. Streck deine Arme ganz hoch!«

Ich kann nicht sagen, warum ich es tat, aber ehe ich mich versah, konnte ich mich nicht mehr bewegen. Er hatte mich offenbar an die Eisenstange des Betthimmels gekettet.

»Veit! Was soll das? Was tust du da?«, fragte ich jetzt etwas ängstlich.

»Keine Sorge, ich liebe dich, Ana! Aber ich muss mein Versprechen einlösen, das hast du selbst gesagt«, antwortete er, und ich verstand gar nichts mehr. Was für ein Versprechen? Er hatte mir doch gar nichts versprochen! Und nun hing ich auch noch an diesem Gestell fest!

Und wieder entfernte er sich.

»Veit? Veit? Wo gehst du jetzt hin?«

»Ich muss nur noch etwas holen, ganz ruhig, Princess!«

Zwei Minuten später spürte ich, was er geholt hatte.

Irgendwelche weiteren Gegenstände, mit denen er meine Fußfesseln links und rechts festband, sodass ich breitbeinig vor dem Bett fixiert war und mich gar nicht mehr bewegen konnte! Und sehen konnte ich auch nichts!

Einerseits schwoll meine Erregung immer mehr an, andererseits spürte ich Unbehagen.

Das passte doch gar nicht zu ihm!

Kapitel 15

»Was für ein Versprechen meinst du, Veit? Was soll das hier?«, fragte ich laut und merkte, wie sehr meine Stimme bebte.

»Ana, es tut mir leid! Du musst mir glauben, dass ich dich über alles liebe! Ich vergöttere dich und werde dir ab morgen früh für den Rest meines Lebens treu ergeben sein. Aber heute Nacht habe ich eine Schuld zu begleichen, und du selbst hast gesagt, dass ein Mann zu seinem Wort stehen muss«, erklärte er, und mir rann es heiß und kalt über den Rücken.

»Was für eine Schuld? Was für eine SCHULD? VEIT? SAG ES! SOFORT!«

Ich hörte seinen Atem. Er tat sich schwer und pustete mehrmals heftig aus, bevor er antwortete.

»Mat, Eric und Raphael … eigentlich sind sie gar nicht meine Bodyguards. Jedenfalls bezahle ich sie nicht dafür. Sie arbeiten im Casino meines Vaters, sind dort Türsteher und Kumpels von mir. Als das heutige Datum näher rückte, hatten sie die Idee mit der Brautschau. Sie haben sich um alles gekümmert und ich ließ sie machen. Ich wollte doch nur mein Erbe sichern. Und ich war so blöd, ihnen zu versprechen, wenn ich mir am letzten Abend eine Frau aussuche und diese auch heirate, dürfen sie in der Hochzeitsnacht mit meiner Frau spielen.«

Ich hatte das letzte Wort noch nicht gehört, als ich an den Fesseln zu zerren und zu reißen begann.

»Bist du wahnsinnig? Hast du komplett den Verstand verloren?«, schrie ich und versuchte mich zu befreien, was aber völlig aussichtslos war. Ich hing fest wie eine Fliege im Spinnennetz. Ich hatte keinen Zentimeter Spielraum. Meine Arme waren straff nach oben gespannt, und meine Beine so weit gespreizt, dass es schon wehtat. Ich konnte maximal meinen Kopf bewegen und mit dem Po vor und zurück wackeln – mehr ging nicht!

»Ana, bleib ganz ruhig! Hör auf, dich zu wehren! Mat kommt nicht mit, er vergnügt sich mit Mathilda. Es sind also nur Eric und Raphael.«

»NUR?«

»Und sie werden nicht mit dir schlafen, sondern nur ein wenig an dir rumspielen! So lautet die Abmachung.«

Hätte ich gekonnt, ich hätte ihn so gerne geohrfeigt. War er denn noch ganz bei Trost?

»Das ist jetzt nicht dein Ernst! Sag, dass das nicht wahr ist, sondern nur ein dummer Scherz!«, schrie ich blindlings und fühlte mich so unglaublich hilflos. Ich zog abermals an meinen Fesseln – leider vergebens.

Veit antwortete mir nicht, stattdessen hörte ich plötzlich Stimmen. Vertraute Stimmen!

Es war ganz deutlich Eric … und offenbar auch Raphael! Sie kamen tatsächlich, und ich hing hier an dieses Bett gefesselt und hätte am liebsten losgeheult, aber diese Blöße wollte ich mir nicht geben.

»Halleluja, ist die niedlich! Gestern in dem Kleid hat man ja nichts von ihr gesehen, aber jetzt – Veit, du alter Glückshase. Jackpot, Alter!«, sagte jemand, und ich nahm an, dass es Raphael war, denn Erics Stimme kannte ich zu gut.

»Verschwindet! Wenn ihr es wagt und mich anfasst, zeige ich euch morgen an! Euch alle! Verstanden?«, schrie ich und hörte fieses Gelächter.

»Und so schön wild, die Kleine. Die gefiel mir heute auf der Weide schon. Die weiß, was sie will! So etwas zu bändigen, ist mein Traum«, hörte ich Eric sagen und spürte plötzlich Hände auf mir, die meinen Hals hinab strichen, bis zum Rand meines BHs.

Ich wusste mir nicht zu helfen und spukte.

Offenbar hatte ich getroffen, denn es folgte ein wieder dieses fiese Lachen.

»Hol einen Gag-Ball!«, sagte Eric. Ich überlegte angestrengt, was ein Gag-Ball sein könnte.

Eine Minute später wusste ich es, als ich plötzlich eine Kugel in den Mund geschoben bekam.

Es war ein Knebel! An der Kugel waren Bänder befestigt, jedenfalls wurde das Teil an meinem Hinterkopf fixiert, sodass ich jetzt weder spucken, noch etwas sagen konnte! Ich konnte gar nichts mehr!

Nicht schreien, nicht wimmern, nicht weinen … Nur ein dumpfer Ton verließ noch meinen Mund.

Ich fühlte mich elend und hatte Angst!

Der Schal würde jede Träne aufsaugen, ich konnte mich keinen Zentimeter bewegen oder mich in irgendeiner Art und Weise verständigen.

Es war die pure Hölle! Ich war ausgeliefert, vollkommen ausgeliefert, und mein Herz pochte mir bis zum Hals.

Vor mir standen offenbar drei Männer.

Zwei hohle Muskelpakete. Raphael war ein ruhiger Typ, so viel hatte ich gestern mitbekommen, aber Eric war ein Arsch! Und das Schlimmste, der dritte Mann liebte mich angeblich und ließ DAS zu!

Hatte er völlig den Verstand verloren?

Ich hoffte immer noch, dass es nur ein blödes Spiel war – irgendeine dumme Hochzeitprüfung, und dass sie mich gleich wieder losbinden würden, aber als ich die großen, starken Hände spürte, die über meinen Bauch streichelten und mich an einen warmen, stählernen Körper pressten, wusste ich, dass es nicht Veit war.

Ich prustete, aber es kam nur ein dumpfes Geräusch.

»Schon gut, Kleines. Sei still und genieße! Du kannst eh nichts sagen, also hör auf, dich zu wehren! Es wird dir schon gefallen, was wir mit dir machen!«

Das war Eric …

Wie ich ihn hasste!

Jetzt traten mir wirklich Tränen in die Augen. Aber die konnte keiner sehen.

»Ihr werdet ihr nicht wehtun! Verstanden? Ihr dürft mit ihr spielen, sie streicheln und küssen, aber mehr nicht! Und in einer Stunde verzieht ihr euch und kommt nie wieder, ist das klar?«, hörte ich plötzlich Veit sagen, dem das Ganze offenbar doch nicht gefiel.

»Komm mal runter, Chefchen! Ja, wir spielen nur mit

der Kleinen. Hol dir einen Stuhl und guck zu! Dir wird es sicher auch gefallen, zu sehen, wie sie sich windet und winselt, wenn sich unsere Finger in sie bohren und wir ihre Nippel quälen. Was glaubst du, wie viele Orgasmen wir aus ihr herauskitzeln können, Raphael?«, fragte Eric und mir ging es durch und durch!

Was waren das nur für Gefühle?

Was hatte er gesagt?

Finger in mich bohren? Nippel quälen?

Ich spürte, wie feucht ich wurde. Es tropfte schon durch den Strick des Tangas!

War ich noch ganz normal?

Mein Puls raste … mein Herz pochte mir bis zum Hals, und jetzt fühlte ich, wie sich jemand an meinem BH zu schaffen machte. Im Nu war er abgestreift.

»Aah, perfekt! Geile Titten, und die schönen Nippel.«

»MMMMMMMHH«, entfuhr es mir, mehr konnte ich ja nicht sagen, als sich plötzlich Finger an meinen Brüsten zu schaffen machten.

Jemand zwirbelte meine Nippel ordentlich durch, und mich traf ein Stromschlag unbekannten Ausmaßes! Ich hing in den Fesseln und die Lust rann durch meinen Körper wie Elektrizität.

Ich spürte sie in jeder Faser, in jedem Nerv!

Was war das nur? Wieso gefiel mir das, obwohl es mir gleichzeitig Angst machte?

Ich konnte deutlich spüren, dass Raphael nun auch zu mir kam. Er war sanfter als Eric. Seine Hände streichelten zärtlich über meinen zitternden Leib. Ich war über und über von einer Gänsehaut gezeichnet.

Raphael begann mich zu küssen, erst am Hals.

Seine Zunge leckte auf und ab und kitzelte mich. Seine vollen Lippen wanderten tiefer auf mein Dekolleté und ich stöhnte unbewusst.

»Na, schau mal einer an. Ihr gefällt es offenbar doch. Siehst du, Veit?«, fragte Eric, und ich hörte sein widerliches Lachen. Dann spürte ich seine gierigen, großen Hände, die mich fest an der Taille packten und mich ruckartig zu ihm zogen. Ich spürte seinen Atem zwischen meinen Brüsten. Jetzt begann er, mich abzulecken, während Raphael offenbar hinter mich auf das Bett kletterte und meinen Rücken küsste.

Er war so sanft, so unglaublich zärtlich.

Seine Zungenspitze fuhr meinen Nacken hinab, immer tiefer, hin zur Lendengegend und wieder hinauf … hoch und runter, und ich fröstelte.

Ergeben hing ich in den Ketten und wusste nicht mehr, was ich fühlen sollte.

Als Eric begann, an meinen Nippeln zu saugen und seine Hände meine Brüste dabei fest kneteten, während mein Rücken Millimeter für Millimeter mit Raphaels Küssen bedeckt wurde, kam ich der Ohnmacht sehr nahe.

Eric biss mir hart in meine Knospen, die sich so prall anfühlten wie nie zuvor.

Er biss fest, immer fester, und zog mit seinen Zähnen daran. Oh, Gott, das tat weh und brachte mich gleichzeitig um den Verstand.

Ich stöhnte tief und brummend mit dem Ball in meinem Mund …

Diese Gefühle machten mich wahnsinnig!

Ich vergaß sogar Veit!

Ich vergaß alles, was hier überhaupt geschah …

Raphael war an meinem Po angekommen. Er zog hinten am Tanga, und der Stoff zurrte sich enger durch meine Schamlippen, die schon arg geschwollen waren.

Ich fühlte die unglaubliche Nässe in dem Höschen und war schockiert über meine eigenen Empfindungen.

Ich sehnte sogar einen Finger herbei, irgendetwas, das mich penetrieren würde, denn ich hielt diese Folter kaum noch aus!

Während Eric meine Nippel weiter quälte – und er quälte sie wirklich bis aufs Äußerste!, – war Raphael die Sanftheit in Person. Er streichelte meinen Po, seine Finger tanzten verspielt meine Schenkel hinab, und wäre ich nicht so breitbeinig gefesselt gewesen, hätte ich mich spätestens jetzt geöffnet.

»Schön, dass es dir gefällt. Hab keine Angst, wir tun dir nicht weh! Wir wollen dich nur ein bisschen verwöhnen«, flüsterte mir Raphael ins Ohr, während seine Hände auf die Innenseite meiner Schenkel trafen und mich dort streichelten.

Ich zerschmolz, äußerlich und innerlich!

Nie zuvor hatte ich so etwas empfunden!

Ich hörte Erics Lachen. »Ist die Kleine geil! Mensch Rosenberg, das Vögelchen ist vollkommen unterversorgt. Was bist du nur für ein Versager! Wäre die meine, käme sie aus dem Bett gar nicht mehr heraus«, gab Eric zum Besten, und ich war noch nicht einmal böse über die Worte.

Dann griff er beherzt an meinen Tanga.

Ich hörte nur den Ratsch … Er zerriss das Stückchen Stoff wie einen Fetzen Papier. Im Nu rann der Strick durch meine Scheide, und ich war splitternackt bis auf die weißen langen Strümpfe, die an meinen Schenkeln endeten.

»Wunderbar, und so schön blank rasiert …«, hörte ich Eric angetan brummen. Dann spürte ich seine Hand auf meiner Weiblichkeit. Einer seiner Finger fuhr durch meine Schamlippen, sogar ganz sanft und bedacht.

»Veit, ich will dich ja nicht ärgern, aber sie steht auf uns. Das Baby läuft gerade aus«, sagte er, und ich bemerkte, wie er vor mir in die Hocke ging.

Das Nächste, was ich fühlte, waren seine Lippen auf meiner Scham. Er machte keine Umwege, sondern fing gleich an, mich zu lecken.

Ich stöhnte laut, als seine Zunge auf meine Klit traf. Verdammt, machte er das gut!

Er leckte und leckte und leckte … immer in eine Richtung, nach oben, bis meine Perle stark angeschwollen war. Dann stoppte er und nahm sie in seinen Mund. Er saugte daran, erzeugte ein Vakuum, das mich völlig aus der Fassung brachte.

Als wäre das nicht genug, spielte Raphael von hinten an meinen Brüsten. Er presste sich eng an meinen Rücken, seine Lippen verwöhnten meinen Nacken mit unzähligen feuchten Küssen, während seine Finger meine Brustwarzen massierten und meine Nippel kniffen, zerrten und zwickten. Es war kaum zu ertragen!

Ich wusste gar nicht, was ich zuerst fühlen sollte!

Mein Körper befand sich in einem Ausnahmezustand!

Mein Busen wurde massiert, die Nerven meiner Nippel leiteten Impulse durch meinen Körper, die ein Feuerwerk in meinem Hirn anzündeten.

Das stete und verdammt gute Saugen meines Kitzlers durch Eric brachte mich auf direktem Wege zum Höhepunkt, was ich aber gar nicht wollte!

Ich versuchte hartnäckig, dagegen anzukämpfen, stellte mir vor, dass ich im kalten Wasser läge, dachte an hässliche Frösche, sogar an Gespenster … ich versuchte alles, um meine Gedanken fortzuschicken und den Orgasmus zu verhindern, aber es nutzte nichts …

Die Gefühle waren zu stark!

Die beiden waren zu gut!

Eric saugte beständig an mir. Ich bestand nur noch aus dem glühenden Punkt zwischen meinen Beinen.

Alles in mir war darauf fokussiert, den Rest meines Körpers spürte ich nicht mehr. Ich war wie betäubt und meine Ekstase erreichte ein neues Hoch.

Als Raphaels Mund meine Ohrläppchen streifte, er sanft daran saugte und mir zuflüsterte »Lass los, Baby, hör auf zu kämpfen! Quäl dich nicht so!« während er zeitgleich den Gag-Ball löste, war es um mich geschehen …

Ein gigantischer Orgasmus fuhr durch meinen Körper. Wie der Ausbruch eines Vulkans explodierte er aus meinem Innersten heraus, und ich schrie das quälende und zugleich erlösende Gefühl in den Raum.

Eric wusste ziemlich gut, was er da tat, denn er hörte sofort auf und überreizte meine sensibelste Stelle nicht.

Auch Raphaels Hände konzentrierten sich jetzt auf

meinen Bauch und den Rücken, wo er mich nur ganz sanft weiter streichelte.

»Das war Nummer eins, Mrs Rosenberg. Das schaffen wir auch noch ein zweites Mal. Es ist schließlich ihre Hochzeitsnacht«, sagte Eric, und ich konnte sein fieses Lachen selbst unter dem Seidenschal erahnen.

Ich hätte ihm so gerne eine passende Antwort serviert, aber ich brachte keinen Ton heraus. Ich keuchte, rang um Luft und kam allmählich wieder zu mir.

Doch ehe ich richtig klar im Kopf wurde, fuhren auf einmal zwei Finger in mich hinein, und ich zuckte zusammen.

»Köstlich, der süße Nektar! Der fließt hier nur so. Weißt du eigentlich, wie gut die schmeckst?«, raunte Eric und er penetrierte mich ungeahnt sanft.

Seine Finger massierten gezielt meinen G-Punkt, dabei fuhr er vor und zurück, vor und zurück, nahm noch seinen Daumen dazu und streichelte damit meine empfindliche Klit.

Und wieder musste ich stöhnen! Und wie!

Ohne den Gag-Ball im Mund war ich lauter als gedacht. Das war mir peinlich! Wie konnte ich nur?

Als könnte Raphael meine Gedanken lesen, zog er mich von hinten fest an seine starke Brust und flüsterte mir wieder ins Ohr: »Es ist alles gut, Ana! Es zeigt nur, was du für eine tolle Frau bist. Genieß es und lass dich gehen, du brauchst dich nicht für deine Gefühle zu schämen!« Dabei begann er abermals meinen Hals zu küssen, und seine Hände griffen wieder nach vorne an meine Brüste. Ich zog an meinen Fesseln – diesmal aber nicht, um mich zu befreien, sondern um mich zu halten, um diese Lust ertragen zu können!

So sehr ich diesen Eric auch hasste, er war fantastisch – zumindest, was die Kenntnis der weiblichen Anatomie anbelangte! Ich spürte, wie sich meine Erregung aufbaute, sich mein Unterleib zusammenzog, und ich biss mir auf die Lippe. Das durfte doch nicht wahr sein!

Ich durfte nicht zweimal so kurz hintereinander kommen! Unbewusst schüttelte ich meinen Kopf und begann wieder, dagegen anzukämpfen.

»Ach, Süße … du kommst eh nicht dagegen an! Sieh doch nur, wie sehr dein Körper es will! Du zerfließt in meinen Händen. Ich könnte deinen Saft abfüllen, so sehr läufst du aus. Ein schöneres Kompliment kannst du mir gar nicht machen«, sagte Eric überraschend sanft, und ich spürte, wie sein Mund sich wieder auf meine Scham legte. Zwei Finger seiner Hand steckten noch in mir und massierten mich. Seine andere Hand griff an meinen Po und drückte mich fest gegen seine saugenden Lippen.

Mein Kitzler war schon wieder in seinem Mund verschwunden und wurde in ein vibrierendes Vakuum gezogen, während die Finger seiner anderen Hand, die meinen Po festhielten, in meine Spalte wanderten und sich unablässig ihren Weg zu meiner hinteren Pforte bahnten.

Dabei verwöhnte er immer noch mit Nachdruck meinen G-Punkt, und Raphael begann, an meiner rechten Brustwarze zu saugen. Das war zu viel! Viel zu viel!

Ich bekam noch mit, wie Raphael in meinen Nippel biss – meine Klit brachte mich eh um den Verstand, aber als Erics Finger in meinen Po eindrang, war es ein zweites

Mal um mich geschehen.

Mein Schamgefühl war gestorben, ich schrie meine Lust laut hinaus, und es war mir egal, ob Veit da irgendwo saß oder stand. Sollten es nur alle hören.

Er hatte es ja so gewollt!

Eigentlich hätte ich mächtig sauer auf Eric und Raphael sein müssen. Doch so grob, groß und stark die beiden auch aussahen, so waren sie doch wahnsinnig gefühlvoll. Sie ließen wieder sofort von mir ab, als ich meine Befriedigung erreicht hatte.

Raphael hielt mich an seiner starken Brust und wiegte mich sanft hin und her, während seine Finger mit meinen Haaren spielten.

Ich bekam noch mit, wie Eric die Fesseln meiner Füße öffnete. Himmel, tat das gut, meine Beine schmerzten von dem langen breitbeinigen Stehen.

Dann erhob er sich und löste auch meine festgebundenen Arme von der Metallstange des Bettes. Ehe ich mich versah, wurde ich sanft nach hinten auf das Bett gelegt.

Ich kam mir vor wie auf Wolken!

Nun schob jemand den Schal nach oben, sodass meine Augen frei wurden. Aber das wollte ich gar nicht!

Ich wollte sie nicht ansehen – das war mir alles zu peinlich! Daher kniff ich meine Augen fest zu!

Ich hörte Eric lachen. Jemand streichelte mir über die Wange. »Du kleine Schönheit, schämst du dich etwa? Es gibt keinen Grund, im Gegenteil! Du bist eine echte Traumfrau, die Spaß an Sex hat und sich fallen lassen kann. Du solltest stolz auf dich sein, und er sollte es auch sein!«

Das hatte Eric gesagt und seine Worte vögelten meine Seele. Es war unbeschreiblich, welche Gefühle die beiden Männer in mir auslösten. Ich hatte noch immer meine Augen geschlossen, ich wollte sie einfach nicht ansehen!

Ich lag hier nackt auf dem Bett, und irgendwie lagen beide links und rechts neben mir. Jedenfalls war ich von wärmenden Körpern eingehüllt.

Einer streichelte beständig meine Wange, spielte an meinem Haar, und der andere krabbelte mit seinen Fingern über meinen Bauch, gezielt zu meinen Brüsten.

Meine Erregung konnte ich nicht verbergen, meine Nippel standen, als wäre ich in einem Eishaus gefangen.

»Sag mal, Veit … willst du nicht endlich dazukommen und deine Frau beglücken? Es ist schließlich deine Hochzeitsnacht! Du sitzt da drüben und starrst trübsinnig auf den Boden, während hier deine wunderschöne, geile Braut – splitternackt und ungefickt – liegt. Das kann doch nicht sein, oder sollen wir das auch noch übernehmen?«, fragte Eric. Augenblicklich begann mein Herz wieder kräftig zu schlagen.

»Wenn ihr geht, dann kümmere ich mich um sie«, hörte ich Veit resigniert sagen.

Jetzt wurde ich sauer – auf ihn!

Erst lieferte er mich diesen Männern aus und jetzt spielte er das Unschuldslamm?

Ein Mann steht zu seinem Wort … Ein Mann bietet aber nicht ungewollt seine Frau fremden Männern in der Hochzeitsnacht an!

In mir brodelte es.

Ich liebte Veit, keine Frage!

Eric und Raphael mochte ich nicht – zumindest bis vorhin noch nicht. Was hier geschah, war reiner Sex.

Ich wusste gar nicht, dass ich dazu überhaupt fähig war, und vermutlich hätte ich es auch nie erfahren.

Und trotzdem wollte ich es Veit heimzahlen!

Wenn die beiden jetzt gingen und er zu mir ins Bett käme, könnte ich gar nicht mit ihm schlafen. Da war so ein Groll in mir!

Entschlossen öffnete ich meine Augen.

Das Licht war gedämmt – zum Glück!

Man sah zwar alles, aber nichts blendete. Ich starrte erstmal nur an die Decke, sah aber aus den Augenwinkeln, wie dicht Raphael an mich gekuschelt lag und immer noch mein Haar streichelte.

Eric hing seitlich über mir und grinste.

Er sah mir gezielt in die Augen und seine Hand wanderte wieder zu meiner Brust. Er umkreiste meine Brustwarze und tippte auf meinen rechten Nippel. Dann nahm er ihn zwischen seine Finger und drückte fest zu.

Ich biss mir auf die Unterlippe und konnte seinem Blick nicht standhalten. Ganz automatisch schlossen sich meine Augen wieder.

Nun spürte ich auch noch, wie Raphael nach meiner linken Brust griff, und dort zu massieren begann.

Die Gefühle an sich waren schon schön, aber die Tatsache, von zwei solchen Männern berührt zu werden, eingepfercht und splitternackt zwischen ihnen zu liegen, versetzte mich wieder in Ekstase.

Eben noch war ich festgebunden gewesen, hatte die Augen verschlossen, einen Knebel im Mund gehabt …

Aber jetzt lag ich hier ganz freiwillig, konnte sprechen, etwas sehen, mich sogar wehren – und dennoch ließ ich es willig geschehen.

Als seine Hand zwischen meine Beine wanderte, öffnete ich sogar meine Schenkel.

Und wieder war da Erics tiefes Lachen!

Allerdings lachte er mich nicht aus, es war wohl eher seine Art, sich zu freuen.

»Das gefällt dir, Kleines, nicht wahr? Ja, mach nur schön die Beine breit und lass dich verwöhnen«, säuselte er, rutschte näher an mich und begann mich um den Bauchnabel herum zu küssen. Seine Finger wanderten wieder in mich und ich rutschte ihnen sogar entgegen.

»Könnt ihr jetzt bitte aufhören? Die Stunde ist um! Ihr hattet euren Spaß! Dort ist die Tür, ich würde jetzt gerne meine Frau für mich haben«, hörte ich Veit laut und deutlich sagen, und ich hörte sogar, wie entschieden er aufstand und den Stuhl wegschob.

»Ach, Veit … lass sie ruhig machen, die können das verdammt gut«, wisperte ich unter Stöhnen, um ihn zu ärgern.

Denn was bildete er sich ein?

Dass ich ihm jetzt um den Hals fiel?

Hatte er mich gefragt, ob ich das wollte?

Ich musste vorhin so schlimm leiden, ich hatte so eine unglaubliche Angst gehabt! Und jetzt sollte er leiden!

»Ana, bitte – ich kann das nicht länger mit ansehen! Es quält mich! Ich liebe dich!«

»Das hättest du dir eher überlegen sollen! Zum Beispiel vorhin, als du mich an dieses Bett gekettet hast«, antwortete ich leise und spreizte meine Beine noch mehr.

Eric nahm einen dritten Finger und begann mich zu dehnen. Das war fantastisch. Ich leckte mir über die Lippen und ließ die Hüften kreisen.

Raphael saugte unterdessen abwechselnd an meinen Brustwarzen, und ich hatte zu kämpfen, um nicht schon wieder zu kommen.

Ich sah blinzelnd, wie Veit direkt vor dem Bett stand und sich die Hand an die Stirn schlug.

»Bitte, Ana, sag ihnen, dass sie aufhören sollen! Ich hab's kapiert. Ich bin ein Arsch, ein Vollidiot! Das hast du mir letzte Nacht bewiesen und jetzt wieder. Verzeih mir, ich liebe dich – ich liebe dich so sehr, dass es mir das Herz zerreißt, dich mit diesen Typen zu sehen! Hört sofort auf, sie anzufassen!«, schrie er jetzt panisch, und ich sah ihn erregt und willig an.

Raphael hörte auf, zu saugen, und auch Eric stoppte seine Penetration. Völlig ekstatisch und mit bebendem Körper beobachtete ich Veit.

Wie ein begossener Pudel stand er vor dem Bett und hatte sogar Tränen in den Augen. »Wenn ich die Uhr zurückdrehen könnte, ich würde ein Jahr meines Lebens für die letzte Stunde opfern. Ich würde es niemals zulassen, dass diese beiden dich anfassen!«, gestand er und seine Stimme versagte fast dabei.

»Und weshalb stehst du dann vor dem Bett und kommst nicht zu mir? Wieso schaust du dir mit an, wie sie es mir machen? Zieh dich aus, Veit! Ich will dich! Jetzt! Sofort!«, sagte ich und sehnte mich nach ihm. Ich wollte ihn in mir spüren.

Ja, ich liebte diesen Deppen!

Ich liebte sein Aussehen, seine freche Art – und augenblicklich liebte ich das Häufchen Elend, das er darstellte.

Und er zögerte … Er haderte tatsächlich mich sich!

Ich hingegen wuchs über mich hinaus, fühlte mich unglaublich stark, und hatte die Männer auf meiner Seite. Entschlossen sah ich Eric an. »Würdest du bitte meinem Mann beim Entkleiden helfen, irgendwie schafft er das nicht!«

Eric grinste. Er gab mir einen Kuss auf die Wange. »Du bist eine Wahnsinnsfrau! Ich liebe ja mein Vagabundenleben und all die Freiheiten, die ich habe, aber dich würde ich sofort heiraten, Ana! Das Millionärssöhnchen weiß gar nicht, was es an dir hat«, sagte Eric so offen und ehrlich, dass mir seine Worte wie warmer Tee durch den Körper rannen.

Dann wandte er sich an Raphael. »Komm, lass uns Mr Rosenberg beim Entkleiden helfen. Der Gute hat vergessen, wie man eine Hose auszieht.

Veits schöne grüne Augen weiteten sich, und ich amüsierte mich köstlich, als die beiden riesigen Kerle begannen, ihn vor meinen Augen auszuziehen.

Ihm war das offensichtlich unangenehm.

Er schimpfte und meckerte, er könne es selber erledigen, aber ich gab Eric per Handzeichen zu verstehen, dass sie weitermachen sollten. Selbst als Veit nur noch in seiner schwarzen Calvin-Klein-Unterhose vor mir stand und wir seine Erektion deutlich sehen konnten, schenkte ich ihm lediglich ein kurzes Grinsen und wies Eric an, ihn komplett auszuziehen.

Raphael hielt Veit dabei von hinten fest, während Eric seine Unterhose runterzog.

Jetzt wurde mein Süßer auch noch rot!

Herrlich!

Ich hatte mich schon lange nicht mehr so gefreut wie in diesem Moment. So ein bisschen Schadenfreude tat doch ab und an richtig gut!

Denn was hatte ich nicht durchmachen müssen?

Selbstbewusst klopfte ich vor mir auf das Bett, als wäre er ein Hündchen, das gefälligst kommen sollte.

Plötzlich sah ich den Schelm in seinen Augen blitzen. Sein Schamgefühl hatte er offenbar überwunden. Es war ein Blick, der mir sagte: ›Na, warte!‹ – und ich konnte es kaum erwarten.

Ich dankte Eric und Raphael schweigend durch ein wohlwollendes Nicken und die beiden verstanden. Dass sie tatsächlich gingen, rechnete ich ihnen hoch an!

Wie man sich doch in Menschen täuschen konnte – fast taten sie mir leid, dass sie so unbefriedigt gehen mussten, wo sie mir doch so viele tolle Momente beschert hatten.

Kapitel 16

Als die Tür ins Schloss gefallen war, grinste ich Veit an.

»Tja, eigentlich sind wir jetzt quitt! Was meinst du?«

»Das sehe ich anders! Mal abgesehen davon, dass ich mich von meinen Bodyguards ausziehen lassen musste, durfte ich mit ansehen, wie sie es meiner Frau besorgt haben – und der gefiel das auch noch!«

»Und wessen Idee war das?«

»Naja ... ich hatte dich extra gefragt, ob ich zu meinem Wort stehen solle. Ich hatte ehrlich gedacht, die schauen dich an, fummeln ein bisschen rum und gehen. So war es eigentlich abgemacht. Dass meine Frau aber so einen Gefallen daran findet, damit hätte ich in meinen schlimmsten Träumen nicht gerechnet.«

»Dann wäre es dir also lieber gewesen, ich wäre vor Angst und Scham gestorben?«

Veit sah mich mitfühlend an und kam zu mir ins Bett gekrochen. Er setzte sich dicht neben mich und nahm mein Gesicht in seine Hände. »Nein, Ana! Hättest du zu weinen oder jammern begonnen – und glaube mir, dass kann man auch dann noch deuten, wenn jemand einen Knebel im Mund hat –, dann hätte ich das sofort beendet. Außerdem hatten mir beide versprochen, dass sie ganz vorsichtig sein würden. Als sie von ›Fummeln‹ sprachen, dachte ich nicht, dass sie SO eine Stimulation meinten! Ich dachte, die hauen dir mal auf den Po oder kneifen dir in die Brust … ähnlich wie gestern während des Laufstegauftritts. Was hier eben passiert ist das, das hat mich geschockt! Dass du so abgehst, dass es dir so gefällt … Ich, ich bin fix und fertig«, gestand er mir, und ich nahm sein Gesicht in meine Hände.

Er war so unglaublich süß, seine Augen so wahnsinnig treu und ergeben. Ich gab ihm einen zaghaften Kuss auf die Lippen, den er gierig erwiderte. Seine Hand fasste in meinen Nacken und er zog mich fest an sich heran. Unter dem Kuss stöhnte er mir entgegen: »Ich liebe dich! Ich liebe dich, ich liebe dich – Anabell Rosenberg! Heute, morgen und für alle Zeit.«

Dann presste er mich zurück ins Bett, drückte meine Hände über meinen Kopf und hielt mich fest.

Wie mir das gefiel!

Sofort startete wieder die Achterbahn in meinen Eingeweiden. Sein Mund verwöhnte mich, seine Lippen wanderten tiefer und jetzt konnte ich mich richtig fallen lassen. Jegliches Angstgefühl war verschwunden.

Da waren nur noch Liebe, Zuneigung und eine gehörige Portion Erregung auf beiden Seiten.

Veit keuchte, als er an meinen Nippeln nuckelte.

Seine Erektion wuchs spürbar auf mir.

Ich wollte nur noch eins: ihn!

»Mach's mir, Veit! Bitte … vögel mich! Ich kann nicht mehr! Ich will dich, ich brauche dich!«, sagte ich heiser, und er ließ mich keine Sekunde länger warten.

»Alles, was du willst, Princess – alles was du willst! Ich stehe auf ewig in deiner Schuld«, flüsterte er, bevor er sich vor mich kniete, meine Waden über seine Schultern legte und mit einem gezielten Stoß in mich fuhr …

Wir schliefen bis zum Morgengrauen miteinander.

Er besorgte es mir in sämtlichen Stellungen, von denen ich die Hälfte noch gar nicht gekannt hatte.

Seine Schuldgefühle müssen sehr groß gewesen sein.

Ich konnte die nächsten zwei Tage kaum laufen.

Aber seitdem habe ich einen ergebenen Ehemann an meiner Seite, für den ich die Welt bedeute und der alles für mich tut. Er beweist es mir jeden Tag aufs Neue.

Bei jedem Blick in seine Augen erkenne ich das Maß seiner Liebe.

Ich bin seine Welt, seine Sonne, sein Mond, seine Sterne, sein Herz, sein Leben – und er ist das Gleiche für mich. Egal, ob im Schloss, in einer Hütte, am Strand oder in einem Zelt – wo auch immer wir zusammen sind, sind wir zu Hause.

Wir gehören einander – ewiglich!

Ihr Lieben, für uns Autoren sind Rezensionen das,
was der Applaus für Künstler ist:
eine bereichernde Rückmeldung.
Sie helfen zudem anderen Lesern bei der Buchauswahl.
Wenn euch »Cinderella in Love« gefallen hat
und ihr mich ein wenig unterstützen wollt,
indem ihr eine Rezension verfasst und diese anschließend
(auf Amazon, Lovelybooks oder eurem Blog) postet,
würde mich das sehr freuen.

Jetzt möchte ich euch noch einen kleinen Einblick in
die Fortsetzung meiner Märchenreihe geben:
»Die Schöne und Ben, das Biest«,
Fairy Tale Edition 2.

Ich wünsche euch viel Spaß beim Schmökern!

Die Schöne und Ben, das Biest

Fairy Tale Edition

Kapitel 1

»Nein, hör auf! Finger weg!«, sagte ich zum xten Mal und drückte Jeans Hände beiseite, die überall an mir herumfummelten. Hatte er denn keine Ohren?

»Ach, komm, Belle, du willst das doch auch! Jetzt stell dich nicht so an! Du hast sturmfrei, dein Alter ist noch unterwegs, und es muss auch gar nicht lange dauern«, drängelte er, und seine Finger fuhren mir wieder unter das T-Shirt, um grob an meine warme Brust zu fassen.

Ich stieß ihn weg. »NEIN, habe ich gesagt! Außerdem müssten Papa und meine Brüder längst zurück sein.«

»Sind sie aber nicht, hier ist keiner! Wir haben das ganze Haus für uns«, protestierte er und kam mir wieder näher. »Verdammt, Belle, wie lange soll ich noch warten? Wir sind jetzt seit drei Wochen zusammen. Du bist zwanzig Jahre und keine zwölf mehr. Jetzt hab dich nicht so, ansonsten war es das mit unserer *Beziehung*«, sagte er wütend und in dem Moment ging die Haustür auf.

Meine Brüder stürzten herein, sie waren durchnässt und völlig außer Puste.

»Warum seid ihr so nass? Ihr trieft ja. Und wo ist Vater?«, wollte ich wissen und nutzte die Chance, um Jean aus dem Haus zu schieben.

»Wir hatten einen kleinen Zwischenfall, es ist etwas passiert, Belle«, sagte Louis und mir ging ein Stich durch Mark und Bein.

»Wo ist Vater? Geht es ihm gut?« hakte ich nach, und Laurent, mein älterer Bruder, ergriff das Wort. »Vater fehlt nichts, Belle. Es geht ihm gut, aber er sitzt in der Klemme. Wir brauchen deine Hilfe!«

»Natürlich. Beruhigt euch erst einmal und erzählt mir, was passiert ist!«

Während ich heiße Schokolade auf dem Herd anrührte, wärmten sich meine Brüder vor dem kleinen behaglichen Kamin in der Küche auf.

»Wir waren in Lannion bei Papas Kunden, um die bestellten Holzbänke zu liefern. Auf dem Rückweg gerieten wir in ein schweres Unwetter und sind von der Fahrbahn abgekommen«, begann Laurent, der sich gerade eine Tasse Kakao nahm, und mir schwante Böses.

Unsere Familie hatte kein Glück, was Autofahren betraf. Unsere Mutter war vor zwei Jahren bei einem Unfall gestorben, und im letzten Jahr hatte mein Vater einen so schweren Autounfall verursacht, dass sogar ein Mann dabei zu Tode kam. Papa verlor daraufhin seine Fahrerlaubnis und erhielt zudem eine Gefängnisstrafe, die zum Glück auf Bewährung ausgesetzt worden war.

Meiner Meinung nach traf ihn damals keine Schuld. Er war seit dem Tod meiner Mutter mit den Nerven am Ende und hatte unermüdlich gearbeitet, um Laurent und mir das Studium zu finanzieren. Und Louis ging noch zur Schule, er brauchte unseren Vater am meisten.

Es war nachts auf dem Rückweg von einem Kunden passiert. Papa war vor Müdigkeit kurz eingenickt. Dabei hatte er den Mann übersehen, der betrunken über die Landstraße gelaufen war.

Mein Vater hatte diese Tragödie bis heute nicht verarbeitet. Und nun hatten sie wieder einen Unfall gehabt?

»Wer ist gefahren? Ist es sehr schlimm? Wurde jemand verletzt?«, fragte ich hektisch und sah meine Brüder abwechselnd an. Laurent schüttelte den Kopf. »Ich bin gefahren, Papa darf ja nicht, und es ist soweit auch nichts passiert. Es hat fürchterlich geregnet. Die Scheibenwischer haben es nicht mehr geschafft. Ich kam von der Straße ab und streifte einen Mast. Papa stieg aus, um nachzusehen. In dem Moment lief Nepomuk weg.«

(Nepomuk ist unser Hund.)

»Und weiter? Ist Ncpomuk etwas passiert? Ist Papa bei ihm?«

Louis schüttelte den Kopf, sodass ihm seine dunkelblonden Locken ins Gesicht sprangen. »Nein, es geht beiden gut. Allerdings lief Papa hinter dem Hund her und kam nicht mehr zurück. Wir verfolgten die Spur und fanden zu einem verwilderten Anwesen. Es ist ein riesiges Haus oben an der Küste in Locquirec. Es sieht urig und leer stehend aus.«

Ich wurde nicht schlau aus meinen Brüdern. Sie sprachen in Rätseln. »Ihr seid alle gesund, keinem ist etwas passiert. Wo ist das Problem, Jungs?«

Louis und Laurent sahen sich an. Ihr Blick gefiel mir nicht. Und dann packte Louis aus. »Vater ist in dem Haus, bei so einem irren Typen, der da offenbar wohnt. In dem alten Gemäuer hat Papa Gold- und Silbermünzen gefunden, und er dachte, dass dort keiner lebt und sie niemandem gehören …« Louis stockte, dafür sprach Laurent weiter. »Jedenfalls wirft der Hausbesitzer Papa jetzt Einbruch und Diebstahl vor.«

Ich erschrak. »Ach, du meine Güte. Vater ist wegen dem Unfall vorbestraft. Wenn er ihn anzeigt, ist seine Bewährungsstrafe dahin, und er muss ins Gefängnis«, überlegte ich laut. Meine Brüder nickten synchron.

»Aber Papa würde doch nie jemanden bestehlen! Kann er sein Verhalten nicht erklären und dem Mann die Münzen zurückgeben?«

Laurent entwich ein sarkastisches Lachen. »Der Typ, der dort lebt, ist krank im Kopf! Er sieht wie ein Ungeheuer aus. Langes Haar, langer Bart, total verwildert. Außerdem will er die Münzen nicht zurück.«

»Bitte? Er will die Münzen nicht zurück? Aber was will er dann?«, hakte ich nach, und die beiden sahen sich lange in die Augen, ehe Laurent schwermütig antwortete: »Er will dich, Belle!«

Kapitel 2

Bis nach Locquirec waren es nur etwa zwanzig Kilometer. Die Ortschaft lag direkt an der Atlantikküste und zählte etwas mehr als eintausend Einwohner. Wir ließen keine Zeit verstreichen, und ich machte mich umgehend mit Laurent auf den Weg. Louis ließen wir zu Hause. Er war erst sechzehn Jahre alt und musste morgen wieder zur Schule. Wir wohnten in einem kleinen Haus am Rande der Stadt Morlaix im Département Finistére, in der Bretagne, wo es mir sehr gut gefiel. Ich liebte die Gegend und fühlte mich wohl so nah am Meer.

Das hier herrschende ozeanische Klima mit seinen milden Temperaturen kam meinem Gemüt sehr entgegen. Schnee und Frost gab es nur selten, aber dafür einen raschen Wechsel von Hoch- und Tiefdruckgebieten, die Regen und Sturmböen mit sich brachten, so wie an diesem Abend.

Die Fahrt ging langsam voran, es regnete noch immer, aber trotzdem genoss ich den Blick auf das Meer, dem wir uns stetig näherten.

Nach meinem Schulabschluss vor drei Jahren war ich wegen meines Studiums nach Paris gezogen. Aber nur kurze Zeit später starb meine Mutter. Ich musste das Studium unterbrechen und kehrte im letzten Jahr in die Bretagne zurück. Seitdem hing ich hier fest. Ich arbeitete in der Backstube meiner Tante als Verkäuferin. Die Arbeit gefiel mir, aber es war nicht die Erfüllung, die ich mir erträumt hatte, als ich mein Medizinstudium begann.

Jedoch musste ich meinem Vater zur Seite stehen. Er und Louis brauchten mich. Also wohnte ich wieder in meinem alten Zimmer, das mit rosa Mädchenkram überfüllt war, kümmerte mich um unser kleines Wohnhaus und ging täglich in die Backstube meiner Tante, um dort die Backwaren zu verkaufen.

Ich war in Gedanken an mein eingleisiges Leben versunken, als Laurent plötzlich anhielt und verkündete, dass wir angekommen seien. Unsicher stieg ich aus und sah mich um. Waren wir hier richtig?

Vor uns offenbarte sich ein Anwesen des Grauens.

Der weiße Zaun war eingefallen, das eiserne Tor hing halbseitig aus den Angeln, und das Grundstück sah nicht besser aus. Es war riesig und völlig verwahrlost. Das einzig Schöne war das Meer, das genau angrenzte. Man konnte das Rauschen der Wellen hören, die keine zweihundert Meter entfernt waren und rhythmisch den Sand streichelten. Ich schmeckte sogar das Salz auf meinen Lippen.

Wer ließ ein so prachtvolles Grundstück direkt am Strand nur dermaßen verwildern?

Inmitten von Bäumen, Sträuchern und Büschen entdeckte ich ein großes Haus, das so zugewachsen war, dass man es kaum als Gebäude wahrnehmen konnte.

Der wilde Wein kletterte an den alten Steinen empor bis auf das Dach, und auch der Efeu freute sich über den enormen Platz, den er seit Jahren ungeschnitten einnehmen durfte. Über dem Eingangsbereich wucherten verdorrte Rosenbüsche und an den Fenstern des Hauses hingen teilweise keine Gardinen mehr. Die meisten Fensterläden waren zugezogen und auf dem Dach fehlten bereits einige Ziegel. Das Gemäuer ließ eher den Eindruck einer Ruine entstehen. Ich konnte mir nicht vorstellen, dass hier jemand lebte.

Laurent führte mich durch den wüsten Garten zum Eingang. Es gab noch nicht einmal einen Weg, der dahin führte. Ich musste aufpassen, damit mein Poncho nicht an all den Büschen und Sträuchern hängenblieb.

Die zweiflügelige Haustür stand einen Spalt offen, und ich betrat vorsichtig das Entree. War das groß!

Allein in das untere Foyer hätte eine Etage unseres ganzen Hauses gepasst. Mittig führte eine geschwungene, ausladende, weiße Treppe nach oben und überall gingen Räume ab. Die Größe des Hauses war von außen nicht ersichtlich gewesen. Staunend blickte ich zu Laurent.

»Wir sind zurück!«, brüllte er laut, und seine Worte riefen in dem spärlich eingerichteten Anwesen ein Echo hervor.

»Belle? Ist Belle bei dir?«, hörte ich die Stimme meines Vaters, der aufgeregt aus einem Zimmer gleich rechts von uns gelaufen kam. Als er mich sah, nahm er mich sofort in die Arme. »Ach, Belle, wärst du nur nicht gekommen!«

Ich verstand nicht recht und sah irritiert zu Laurent. »Ich denke, ich sollte kommen?«, vergewisserte ich mich, und da trat ER plötzlich aus dem Zimmer.

Ich erschrak, als ich ihn sah.

Damit hatte ich nicht gerechnet …

Der Mann war sehr groß, und Louis hatte nicht übertrieben, er war behaart, und wie!

Ein wilder, viel zu langer Vollbart maskierte sein Gesicht, und seine langen, ungepflegten Kopfhaare fielen ihm über die Schultern. Dabei war er ordentlich gekleidet. Er trug eine schwarze Hose mit passendem, cremefarbenem Hemd, das aus einer andere Epoche hätte stammen können.

Ich wagte es kaum, ihn genauer anzusehen.

»Belle Dupont … Es freut mich sehr, dass du gekommen bist. Ich bin Ben Beauchamp«, sagte er höflich und seine samtige, tiefe Stimme überraschte mich.

Trotzdem nickte ich nur und brachte keinen Ton heraus. Dafür sprach er weiter. »Wenn wir beide uns jetzt in meine Bibliothek zurückziehen könnten, um die Einzelheiten zu klären, wäre ich dir sehr verbunden.«

»Welche Einzelheiten? Worum geht es überhaupt?«, wollte ich wissen und schaute fragend von dem Herrn zu Papa, dann zu Laurent.

Mein Vater brach innerlich zusammen. »Du musst es nicht tun, Belle! Ich kann auch ins Gefängnis gehen, es war schließlich meine Schuld. Mich verfolgt das Unglück, und ich sollte für meine sträflichen Taten büßen.«

»Du kannst nicht ins Gefängnis gehen, Papa! Louis braucht dich! Er ist erst sechzehn Jahre alt, du hast die Schreinerei. Ich werde es niemals schaffen, Louis und das Haus alleine zu versorgen«, erwiderte ich ängstlich und wandte mich an diesen mysteriösen Mann. »Monsieur Beauchamp, ich bitte Sie, meinen Vater gehen zu lassen. Er ist kein Dieb und auch kein Einbrecher. Er wird Ihnen alles zurückgeben, nicht wahr, Papa?«

Mein Vater nickte heftig. »Natürlich, Belle, das habe ich ihm angeboten. Und ich wollte sogar extra für meine Dummheit zahlen. Aber er will nichts, noch nicht einmal seine Münzen, die ich dummerweise an mich nahm.«

»Das stimmt nicht ganz. Ich möchte schon etwas, und zwar dich, Belle!«, sagte der Mann, bei dessen Anblick mir ein Schauer nach dem anderen über den Rücken lief.

»Mich? Aber, aber … WIE? Ich meine, wie stellen Sie sich das vor?« Wollte er mich für eine Nacht? Wollte er mich heiraten? Oder sollte ich für ihn arbeiten? Tausende Möglichkeiten schossen mir durch den Kopf.

»Bitte folge mir, Belle! Ich möchte dir alles in Ruhe erklären, ehe du dich entscheidest«, sagte er mit seiner tiefen Stimme, die mir eine Gänsehaut bescherte.

»Sie bleiben bitte und warten! Genehmigen sie sich doch einen Tee im Esszimmer, bis wir zurück sind«, verwies Monsieur Beauchamp meinen Vater und Laurent, die mir gerade folgen wollten, in ihre Schranken.

Verunsichert folgte ich dem Hausherrn in einen großen Raum, der links neben der Treppe lag.

Es war eine beachtliche Bibliothek, ein Zimmer gefüllt mit Bücherregalen, die bis zur Decke reichten. Vor der Fensterfront entdeckte ich einen alten Schreibtisch aus Mahagoni. Darauf stand eine filigrane Glasglocke, in deren Mitte eine rote Rose eingebettet war. In dem Raum gab es einen weiteren Tisch aus dunklem Holz, um den sich ein Sofa und zwei Sessel in einem barocken Stil gruppierten.

Ich schaute mich fasziniert in dem antiken Zimmer um,

bis ich aus meinem Staunen gerissen wurde.

»Belle, setz dich bitte!«, sagte er und deutete auf einen der Sessel, die mit weinrotem Samt bezogen waren.

Ich legte vorsichtig meinen Poncho ab und folgte seiner Aufforderung. Er nahm mir gegenüber Platz.

Die Anspannung zwischen uns war messbar, die Luft erfüllt von Elektrizität. Ich wagte es nicht, ihn anzuschauen. Seine reine Anwesenheit schüchterte mich ein, und ich starrte verunsichert zu Boden auf den bunten Teppich.

»Belle, dir ist bewusst, was dein Vater getan hat?«

Ohne den Kopf zu heben, begann ich zu sprechen. »Ganz ehrlich, Monsieur, ich kenne meinen Vater, er wollte Ihnen kein Unrecht tun. Es war gewiss ein dummes Versehen!«

»Es war ein Versehen, dass er mein Grundstück betreten hat? Es war ein Versehen, dass er einfach in mein Haus kam? Es war auch ein Versehen, dass er in mein Wohnzimmer ging, mehrere Vitrinen öffnete und wertvolle Gold und Silbermünzen entnommen hat? All das soll ein Versehen gewesen sein?«

Ich schüttelte verwirrt den Kopf. »Papa dachte bestimmt, dass hier niemand wohnt. Ich weiß, dass mein Vater finanzielle Schwierigkeiten hat. Er ist Schreiner und kann nicht mehr so viel arbeiten, wie er gerne würde. Trotzdem ist er kein Einbrecher, und er würde niemals absichtlich jemanden bestehlen.«

Monsieur Beauchamp winkte ab. »Wie auch immer du es darstellst … Er hat eine Straftat begangen, und ich bin gewillt, die Gendarmerie zu informieren.«

»Aber, aber … mein Vater. Bitte, nicht! Tun Sie das

nicht! Papa ist zu alt für das Gefängnis. Seine Gesundheit ist auch nicht mehr die beste, und …«, versuchte ich es erneut, bemerkte aber schnell, dass man von diesem Mann weder Mitgefühl noch Gnade erwarten konnte. »Was wollen Sie? Ich meine, was wollen Sie von mir?«, brachte ich es daher auf den Punkt.

»Ich will dich, Belle! Einzig und allein dich!«

Ich schaute ihm erschrocken in die Augen und hielt seinem Blick sogar stand. Seine Augen waren strahlend blau. Er schaute nicht böse, im Gegenteil … In seinem Blick lagen eine Traurigkeit und eine Leere, die so gar nicht zu seiner strengen Art passten.

»WAS wollen Sie? Ich meine, wenn Sie … wenn Sie Sex von mir wollen, dann suchen Sie sich lieber eine andere Frau«, machte ich umgehend klar und musste dabei an mein katastrophales Liebesleben denken, das noch nicht einmal den Namen verdiente.

Leider konnte man seinem Gesichtsausdruck nicht viel entnehmen. Der wilde, lange Bart war im Weg und verbarg sämtliche Emotionen. Er begann oberhalb der Wangen und bedeckte, abgesehen von Mund, Nase und Augen, fast alles. Er hing zudem bis auf seine Brust und wuchs im Schulterbereich schon mit dem Kopfhaar zusammen.

»Es geht mir nicht ausschließlich um Sex. Ich möchte, dass du ein Jahr lang bei mir lebst und tust, was ich von dir verlange.«

Das war ja noch schlimmer als Sex!

Mir rutschte das Herz in die Hose, mir wurde sogar übel. Ein ganzes Jahr?

Er schien meinen Unmut zu spüren. »Du kannst es doch erstmal versuchen, Belle. Ich werde dir nichts tun. Dir wird es in diesen zwölf Monaten an nichts fehlen. Dein Vater darf die Münzen behalten, die einen Wert von gut zwanzigtausend Euro haben, und solange du bei mir bist, werde ich deine Familie weiterhin finanziell unterstützen. Man sagte mir, dass du in einer Backstube arbeitest, auch dein Gehalt werde ich dir weiterhin zahlen, weil ich nicht wünsche, dass du arbeitest, solange du bei mir lebst.«

»Aber, aber … ich verstehe das nicht! Ich soll bei Ihnen leben und tun, was Sie von mir verlangen. Aber Sie wollen keinen Sex?«

»Das habe ich so nicht gesagt. Ich sagte: nicht ausschließlich Sex!«

Ich schüttelte energisch den Kopf. »Ich werde nicht mit Ihnen schlafen, niemals!«

Zu meiner Überraschung nickte er. »In Ordnung, wenn du das so wünscht, muss ich das akzeptieren. Ich bin kein Vergewaltiger.«

»Aber was haben Sie dann davon, wenn ich bei Ihnen bleibe?«

»Das wird sich zeigen.«

»Warum ein ganzes Jahr?«

»Wir können auch gerne zwei oder drei Jahre daraus machen«, sagte er und ich verstand es immer noch nicht. »Ich soll ein Jahr hier leben, Sie sorgen für mich und schenken gleichzeitig meiner Familie so viel Geld. Wo ist der Haken?«

»Der Haken ist, dass du bei mir bleiben musst! Du

darfst deine Familie nicht sehen und auch nicht deine Freunde. Du darfst mein Haus ein Jahr lang nicht verlassen. Du darfst nicht deine Arbeit in der Backstube verrichten und ebenfalls keinen Kontakt, egal welcher Art, zu anderen Menschen pflegen, es sei denn, ich erlaube es dir. Und du musst mir in dieser Zeit all meine Wünsche erfüllen.«

Das war krass, fast schon krank. Und es hörte sich gefährlich an. »Werden Sie mir wehtun?«

»Niemals!«

»Werden Sie mich hier gefangen halten?«

»Nein, die Tür steht immer offen, es liegt ganz bei dir ob du gehst oder bleibst. Gehst du aber, bevor das Jahr vorüber ist, werde ich deinen Vater anzeigen. Ich weiß, dass er vorbestraft ist und ins Gefängnis kommen wird. Dennoch werde ich es tun, wenn du mich verlässt oder meinen Wünschen nicht nachkommst.«

»Was sind das für Wünsche, von denen Sie sprechen?«

»Nichts, was du mir nicht erfüllen könntest. Und du kannst täglich aufs Neue entscheiden, ob du gehen oder bleiben möchtest, die Konsequenzen sind dir bekannt.«

Das klang alles ziemlich unheimlich und dennoch fair, zumal er mir mein Gehalt weiterzahlen und Papa und Louis finanziell unterstützen wollte.

»Was ist mit meinen Freunden, mit meiner Freizeit?«

»Das ist unter anderem der Haken, Belle. Du hast in diesem Sinne keine Freizeit mehr. Ich möchte dich in diesen zwölf Monaten ganz für mich alleine haben. Keine Freunde, kein Privatleben, nichts. Nach 365 Tagen kannst du in dein altes Leben zurückkehren, aber bis dahin gehörst du mir! Ich würde dir empfehlen, deinen Freunden eine Notlüge zu erzählen: Lass ihnen von deinem Vater ausrichten, dass du für ein Jahr ins Ausland gegangen bist. Somit ersparst du deiner Familie unangenehme Fragen.«

Das war eine gute Idee, dennoch schwirrte es in meinem Kopf. Mein Verstand schrie laut auf, während ich innerlich besänftigend auf mein Herz einredete.

»Ich darf also dieses Haus nicht verlassen? Ein ganzes Jahr lang nicht?«

»Du kannst in den Garten oder hinunter zum Strand gehen, aber nur mit mir zusammen.«

»Sie sind sehr einsam, oder?«

Eine Antwort erhielt ich nicht. Stattdessen fragte er: »Hast du dich entschieden?«

Ich brauchte noch einen Moment, um mir über Einiges klar zu werden, aber eigentlich hatte ich keine Wahl. Ich musste es tun, wenn ich meinen Vater schützen wollte. Beunruhigt und ängstlich zugleich sagte ich letzten Endes zu.

Es brach mir fast das Herz, als Laurent meinen weinenden Vater zur Tür brachte. Ich durfte nicht mehr mit nach Hause, ich durfte keine persönlichen Sachen holen und musste ebenfalls mein Handy abgeben.

Es war der zweite November und im nächsten Jahr, am ersten November, würde ich in mein altes Leben zurückkehren dürfen.

Während Laurent ein Verbrechen witterte und mich mahnend warnte, nicht zu bleiben, flehte mich mein Vater ebenfalls an mitzukommen. Aber ich hatte meine Entscheidung getroffen und stand dazu.

Obwohl ich mich in dem kargen, großen Haus unwohl fühlte, blieb ich vorerst und wollte es wenigstens versuchen. Schließlich hatte Ben Beauchamp gesagt, dass ich jederzeit gehen konnte.

Ich bekam ein Zimmer in der zweiten Etage.

Es war dreimal so groß wie mein Zimmer zu Hause. Allerdings war es kaum möbliert. Es standen ein Bett an der Wand und ein hölzerner Kleiderschrank in der Ecke, mehr gab es nicht.

Wenigstens hatte Monsieur Beauchamp zugesichert, dass Laurent mir am nächsten Tag Kleidung und Hygieneartikel, sowie ein paar persönliche Gegenstände vorbeibringen durfte, denn momentan trug ich nur meine Jeans und ein weißes Shirt. Selbst Unterwäsche zum Wechseln fehlte mir. Ich hatte ja noch nicht einmal meine Zahnbürste dabei.

Aber das war das kleinste Problem, wie ich am Abend feststellte. Im Badezimmer stand schon alles für mich bereit. Duschgel, Shampoo, ein Fön, zwei Haarbürsten, mehrere Waschlappen und Handtücher, eine Zahnbürste mit Zahnpasta und sogar Zahnseide … als hätte man mich erwartet.

Ich sah den furchterregenden Herrn an diesem Abend nicht mehr und war auf mich allein gestellt.

Die erste Nacht wurde ganz furchtbar.

Alles wirkte unheimlich. Die Fenster hatten keine Jalousien, und der Mond warf gespenstische Schatten durch die Bäume, die sich auf den Wänden im ganzen Raum widerspiegelten. Der tosende Wind tat sein Übriges, um mich zu ängstigen.

Alles war so fremd und unbelebt.

Besorgt ging ich mitten in der Nacht in den Flur, weil ich sowieso nicht schlafen konnte. Es gab viele Zimmer in dem Haus. Ich hätte mich glatt verlaufen können und blieb auf dem Gang, um in der Dunkelheit zurück zu meinem Zimmer zu finden.

Diese unerträgliche Einsamkeit in dem Gemäuer war nichts für mich. Ich fühlte mich völlig isoliert und legte mich kurz nach vier wieder in mein Bett.

Aber schlafen konnte ich dennoch nicht.

Der Wind toste ununterbrochen, die alten Fensterläden klapperten, es war wie in einem Horrorfilm. Ich sehnte den Morgen herbei und erwachte kurz nach acht völlig erschöpft. Ich ging duschen, zog mich an, und lief anschließend ganz vorsichtig die große Treppe nach unten ins Foyer.

Alles war mucksmäuschenstill. Grauenhaft!

Bei uns zu Hause herrschte immer Jubel und Trubel. Mit drei Kindern und einem Hund war das auch verständlich. Hier kam ich mir bereits nach einer Nacht einsam und verlassen vor.

Im Foyer angekommen, begrüßte mich der Geruch von frischem Kaffee. Der aromatische Duft kam aus einem Zimmer, das rechts hinter der Treppe lag.

Vorsichtig lugte ich in den Raum.

»Guten Morgen, Belle. Hast du gut geschlafen?«, fragte Monsieur Beauchamp, der bereits am Tisch saß.

Ich schüttelte den Kopf. »Ehrlich gesagt, nicht. Der Wind war laut, alles ist fremd, und das Haus ist groß.«

»Ja, für wahr, das ist es wirklich. Setz dich bitte und

frühstücke mit mir!«, sagte er und deutete auf den prall gefüllten Tisch, der mit edlem Geschirr eingedeckt war. In der Mitte sah ich Croissants, frische Brötchen, warme Eier, French Toasts, Baguettes, einen Wurstteller, verschiedene Marmeladensorten, Honig, eine Kanne Milch, Kaffee und sogar zahlreiche Teebeutel mit einer Kanne heißem Wasser.

»Wen erwarten Sie alles zum Frühstück?«, fragte ich zaghaft, als ich mich setzte.

»Wir sind vollzählig.«

Ungläubig nahm ich mir ein Croissant und sah mich vorsichtig im Raum um. Es war offenbar das Esszimmer. Wir saßen an einer langen Tafel, an der bequem zwölf Menschen Platz gefunden hätten. Es gab eine Anrichte, zwei weiße Buffetschränke und mehrere Stühle. Ich hatte aus Höflichkeit ihm gegenüber Platz genommen und fühlte seine Augen auf mir ruhen.

»Warum sind die Gardinen zugezogen?«, erkundigte ich mich vorsichtig.

»Der Garten ist nicht mehr das, was er einmal war.«

»Aber das Meer … Der Ausblick ist bestimmt traumhaft schön. Ihr Anwesen liegt paradiesisch. Es müsste nur mal wieder … etwas Gartenarbeit gemacht werden.«

»Magst du das Meer?«

Ich nickte, während ich vom Kaffee trank. »Oh, ja – sehr. Ich liebe das Meer.«

»Dann wirst du ein anderes Zimmer bekommen, im linken Flügel. Dort gibt es einen Erker mit vielen Fenstern, so kannst du immer direkt auf das Meer schauen. Vielleicht fällt dir das Schlafen dann auch leichter.«

Monsieur Beauchamp war offenbar ein Mann der Tat. Als mir Laurent gegen elf Uhr meine Koffer brachte, führte er ihn gleich in mein neues Zimmer, bei dessen Anblick es mir die Sprache verschlug. Es war mindestens genauso groß wie mein vorheriges, aber mit einem Himmelbett und einer gigantischen Fensterfront inklusive Direktblick auf den Atlantik. Ich sah die Wellen, wie sie an den Strand züngelten, und am Horizont vereinigten sich die Wolken und das Meer.

Das Grundstück lag in einer Bucht. Der Strand wirkte jungfräulich. Er war menschenleer. Hier kam wohl nur selten jemand vorbei und es war unglaublich schön.

Eine Schande war nur das verwahrloste Grundstück, aber vielleicht konnte man etwas dagegen unternehmen.

Zur Mittagszeit bemerkte ich, dass Monsieur Beauchamp eine Haushaltshilfe hatte. Ich erschrak, als ich unverhofft auf eine ältere Dame in der Küche traf.

Ihre wilden, grauen Locken hatte sie mit Haarnadeln fixiert, und sie lächelte über den Rand ihrer Lesebrille hinweg. Vor ihr lag ein aufgeschlagenes Kochbuch. Sie war wohl gerade mit der Zubereitung des Mittagessens beschäftigt.

»Bonjour, Mademoiselle Dupont. Ich bin Madame Leblanc und arbeite für Monsieur Beauchamp. Es freut mich sehr, Sie hier willkommen heißen zu dürfen«, stellte sie sich freundlich vor und schenkte mir ein weiteres, herzliches Lächeln. Mir fiel ein Stein vom Herzen, als ich sie kennenlernte. Einerseits war sie einer jener Menschen, die man vom ersten Augenblick an gern haben musste, weil sie einfach so lieb wie eine Oma war.

Zum anderen war es für mich erleichternd, zu wissen, dass ich nicht mit diesem mysteriösen Mann alleine hier leben musste.

Madame Leblanc bediente mich, was mir gar nicht recht war. Aber sie bestand darauf. Sie brachte mir mein Mittagessen, verrichtete den Abwasch und wischte anschließend in meinem Zimmer Staub. Dabei verweigerte sie jegliche Hilfe meinerseits. Ich brauchte den ganzen Tag nichts zu tun und sah den unheimlichen Herrn bis zum Abendessen auch nicht mehr.

Ich erfuhr von ihr, dass Monsieur Beauchamp nur zwei Mahlzeiten täglich zu sich nahm und ich ihm wohl nur morgens und abends begegnen würde, weil er den ganzen Tag im obersten Stockwerk des Hauses arbeitete. Und sie bat mich darum, nachsichtig mit ihm zu sein, weil er schon lange alleine lebte. Ich solle ihm eine Chance geben, legte sie mir ans Herz.

Ich war froh, dass mir Madame Leblanc ein paar Stunden Gesellschaft geleistet hatte, denn dies war der erste Tag seit Jahren, an dem ich mich langweilte. Ich hatte hier gar nichts zu tun – obwohl es im Grunde viel zu tun gegeben hätte.

Madame Leblanc verabschiedete sich gegen sechzehn Uhr. Sie wollte einkaufen gehen, und ich war wieder alleine. Alles war mucksmäuschenstill.

Zu still für meinen Geschmack!

Worin bestanden denn jetzt meine Aufgaben? Weshalb sollte ich hier leben, wenn ich diesen Mann kaum sah?

Und welche Wünsche sollte ich ihm erfüllen?

Bisher hatte er noch nichts von mir verlangt!

All das brannte auf meiner Seele, und am Abend erhielt ich die Chance, ihn danach zu fragen. Wir saßen wieder gemeinsam im Esszimmer. »Monsieur Beauchamp«, begann ich zaghaft, aber er fiel mir ins Wort. »Ben! Bitte nenn mich Ben!«

»*Ben*«, sagte ich zögernd. »Äh, was sind denn nun meine Aufgaben? Der Tag geht zu Ende und Sie haben bis jetzt noch nichts von mir verlangt.«

»Ich will dich nicht gleich zu Beginn überfordern. Ich möchte, dass du erst einmal ankommst. Es ist bestimmt eine große Veränderung für dich, so schnell dein gesamtes Leben umstellen zu müssen.«

»Durchaus. Wie kamen Sie eigentlich auf mich? Ich meine, wie haben Sie von mir erfahren?« Das interessierte mich nämlich schon die ganze Zeit.

»Belle, ich bitte dich, mich zu duzen!«, wies er mich nochmals darauf hin, ehe er antwortete. »Dein Vater wollte seine Schuld begleichen und mir einen Scheck ausstellen. Dabei fiel ein Bild von dir aus seinem Portmonee. Seitdem will ich nur eines: dich!«

Seine Worte trafen mich wie ein süßer Schlag. Es war nicht unangenehm, eher prickelnd. Ich fühlte mich geehrt, war aber gleichzeitig auch erschrocken und blickte beschämt zu Boden.

»Hast du einen Freund, Belle?«

Irritiert hob ich meinen Kopf. »Ich schätze, nicht mehr«, musste ich gestehen, als ich an Jean dachte.

»Bitte?«

»Naja, Männer und ich, das ist so eine Sache … Das ging noch nie wirklich gut. Jean habe ich wohl vergrault.«

»Mich wirst du nicht vergraulen. Niemals!«

Ich lachte kläglich. »Warten Sie ab! Nur gut, dass Sie nicht mit mir schlafen wollen, denn das wäre die pure Enttäuschung«, sagte ich unbedarft und dachte mir nichts dabei. Er hingegen war ganz Ohr und legte das Besteck beiseite. Dann stand er auf und holte eine Flasche Rotwein. Dabei bemerkte ich wieder seine stattliche Größe, die mir regelrecht Angst machte.

Während ich ihn beobachtete, holte er noch passende Gläser und schenkte uns ein.

»Das mit der Enttäuschung beim Sex musst du mir genauer erklären, und bitte, Belle, denk an die Anrede!«, sagte er und nahm einen Schluck, als er sich wieder gesetzt hatte.

Auweia. Was sollte ich da erklären? Und ihn auch noch duzen. Das ging gar nicht! Es würde eine Vertrautheit schaffen, die es einfach nicht zwischen uns gab.

»Es ist mir unangenehm darüber zu sprechen.«

»Das muss es nicht sein. Nur keine Scheu! Wir haben noch 364 Tage vor uns, und ich möchte in dieser Zeit Einiges von dir sehen und erfahren. Am besten, du fängst gleich damit an! Weshalb wäre es eine Enttäuschung für mich, mit dir zu schlafen?«

Danksagung

Meinen Dank an alle, die mich dabei unterstützt haben, diesen Roman zu veröffentlichen. In erster Linie gebührt dies R. (Süße, ohne dein Drängeln hätte es »Cinderella« nie in die Hände anderer Leser geschafft. Merci!)
Ein weiteres Dankeschön gebührt einem Perfektionisten, wie ich keinen zweiten kenne und ohne den diese Geschichte weder dieses wundervolle Cover erhalten hätte noch so ein schönes Layout. Ich danke dir, *ceo.*
Dann darf ich auf keinen Fall die liebe Eva vergessen, meine Korrektorin, auf die immer Verlass ist und die mich sehr unterstützt. Herzlichen Dank, meine Liebe!
Besonderer Dank gilt einer wundervollen Frau, die ich als einen Engel bezeichnen würde, Ines Wiesner.
Ich kenne keinen Menschen, der sich so hilfsbereit, selbstlos und aufopfernd für andere einsetzt wie die liebe Ines. Sie betreut meine Autorenseite bei Facebook und ist rund um die Uhr für mich da. Es ist vermutlich ihren Ideen zu verdanken, dass ihr auf dieses Buch gestoßen seid. Ich danke dir von Herzen, mein Schatz!
Des Weiteren ein großes Dankeschön an die Mädels aus meiner Testlesegruppe. Euer Feedback war das reinste Balsam für meine Seele.
Last but not least möchte ich meiner wundervollen Familie danken, die mich immer unterstützt und respektiert, wenn ich stundenlang am PC sitze, um zu schreiben.
Ebenso wie meiner Rubenah, die Erste, die »Cinderella« gelesen hat, und die mich aufmunterte, den Roman zu veröffentlichen.

Euch allen ein riesiges Dankeschön!

Printed in Poland
by Amazon Fulfillment
Poland Sp. z o.o., Wrocław

33842041R00118